Dominación y Sumisión Erótica Vol. 4

Erika Sanders

Título

Dominación y Sumisión Erótica Vol. 4
Por
Erika Sanders
Serie
Colección Dominación Erótica

Primera edición: Septiembre, 2021

Páginas web de la autora:

https://twitter.com/ErikaSanders98

https://www.instagram.com/erikasamanthasanders/

Correo electrónico de contacto:

erikasanders98@gmail.com

Sinopsis

El cuarto volumen de la serie Dominación erótica consta de las siguientes novelas (2 ya publicadas y 2 inéditas hasta ahora):

- Mejor un trío 2:

Un compañero de trabajo de Samy coquetea con ella y salen a relucir los gustos sexuales de cada uno.

Samy le confiesa a él que una vez hizo un trío con su esposo, entonces novio, y su mejor amigo.

Él le confiesa a ella que le gustan los anales.

Pero los dos se dicen que al ser compañeros de trabajo es una pena, pero ni podría pasar nada entre ellos.

¿O sí?

- El deseo de Sandy:

Sandy es una esposa con hijos insatisfecha del placer que le da su esposo en la cama.

Por ello tiene un amante que le da lo que necesita, pero el deseo de ella está vez será diferente...

- Esposa dominante (inédito):

En un matrimonio normal y aburrido el esposo tiene una fantasía sobre cómo sería que su esposa fuera dominante en la cama.

Un día aprovecha una pregunta de ella para intentar conseguir cumplir su fantasía y que su esposa tome el control en el sexo.

¿O fue un error con consecuencias que no pudo prever...?

¿O fue una buena decisión...?

- Requisitos para ser una buena secretaria (inédito dominación interracial):

Gloria es una joven morena que está buscando un trabajo con urgencia para poder salir de casa de sus padres y pagar lo necesario.

El señor Anderson busca una secretaria que cumpla con sus peculiares y exigentes requisitos.

¿Gloria podrá aceptar los requisitos del señor Anderson y ser una buena secretaria...?

Dominación Erótica volumen 4 son una serie de novelas de fuerte contenido erótico BDSM y, a su vez, el cuarto volumen de la colección Dominación Erótica, una serie de novelas de alto contenido BDSM romántico y erótico.

Nota sobre la autora:

Erika Sanders es una conocida escritora a nivel internacional que firma sus escritos más eróticos, alejados de su prosa habitual, con su nombre de soltera.

Páginas web de la autora:

https://twitter.com/ErikaSanders98

https://www.instagram.com/erikasamanthasanders/

Correo electrónico de contacto:

erikasanders98@gmail.com

DOMINACIÓN ERÓTICA VOL. 4
POR
ERIKA SANDERS

MEJOR UN TRÍO 2

POR

ERIKA SANDERS

CAPITULO 1

Había estado coqueteando con Samy por un tiempo en el trabajo.

Siempre pensé que podía ser una de las chicas que con la que jugaría en el trabajo, pero que nunca pasaría nada.

Era un día aburrido en el trabajo y, como de costumbre, el tema de conversación acabó en el sexo.

Estábamos teniendo una descarada conversación sobre fetiches y ella me estaba contando cómo había tenido un trío con su esposo Peter y otro chico, un amigo de su esposo, cuando aún eran novios.

Hizo varias muecas sexuales mientras decía que le encantó que se la metieran por ambos agujeros al mismo tiempo.

No estaba seguro de si ella estaba mintiendo o simplemente era una descarada.

Bromeé diciendo que desearía que no estuviéramos trabajando juntos porque tal vez podríamos haber tenido algún tipo de esa acción.

Ella estuvo de acuerdo y dijo que sí, que era una pena.

Dos semanas más tarde, al finalizar el trabajo fuimos todos a tomar algo a un pub.

Después de la cuarta copa, la gente comenzó a mostrar signos de llevar un poco mal la resaca.

De repente, dos de las chicas comenzaron a pelear.

Todo terminó muy rápido, pero había destruido la atmósfera del grupo y la mayoría de las personas ya se querían ir por caminos separados o irse a su casa.

Samy se volvió hacia mí y me dijo:

"No te vas a ir, ¿verdad?"

Yo, por mi parte, me lo estaba pasando bien y me apetecían unas cuantas copas más, así que dije:

"¡No te vas a deshacer de mí tan fácilmente!"

Fui a la barra y pedí un par de tragos más de ron con tequila.

Cuando regresé con las bebidas, Samy se puso a hablar sobre el costo astronómico de las bebidas.

Era caro, pero nada raro en sitios como ese.

Así que se lo dije y le señalé que estaba haciendo un escándalo por nada.

Me golpeó el pecho diciendo que:

"Terminemos esto y vayamos a mi casa. Tengo un refrigerador lleno de cosas para beber y además ya están pagadas".

Pude ver que tenía una mirada traviesa en su rostro, pero no sabía a dónde iba con eso.

Fui directo y pregunté:

"¿Por qué? Si estás pensando lo que creo que estás pensando, probablemente no sea una buena idea".

Se sintió despreciada y me miró con el ceño fruncido:

"¡Madura chico! ¡Te estoy ofreciendo una bebida gratis, idiota!"

Me sentí como un completo imbécil.

Me disculpé con ella y se le iluminó el rostro al instante.

Me dijo que no importaba, pero que la bebida todavía estaba en oferta.

Realmente no tuve elección.

Me sentía muy culpable.

Terminamos las bebidas y fuimos a buscar un taxi.

En la parte trasera del taxi, casi esperaba que sucumbiera a un poco de mi coqueteo de borracho, pero ella se quedó a su lado de la cabina y parecía que realmente yo había tenido una idea equivocada sobre lo que iba a pasar.

CAPITULO 2

Llegamos a su casa y Peter abrió la puerta antes de que pudiéramos abrir.

Por sus palabras parece ser que ya la había visto así algunas veces antes.

"Has vuelto temprano" le dijo a ella. "¿Se emborrachó y necesitó que la acompañaras a la puerta de su casa?" me dijo a mí.

Samy le espetó juguetonamente:

"¡No! ¡No esta vez, ja, ja, ja!"

Le contamos lo que pasó y sacó tres cervezas de la nevera.

Samy dijo que se quitaría los zapatos y se cambiaría los jeans que eran demasiado ajustados para ella para sentarse.

Y Peter y yo nos pusimos a hablar sobre el fútbol.

Dos minutos después, Samy regresó a la habitación con un par de botas de cuero hasta el muslo y una sonrisa.

Miré a Peter y él solo se rió y dijo:

"¡Bueno, no esperaba eso!"

Realmente no podía entender su reacción.

Debería haber estado enojado o avergonzado o algo más que eso.

Parecía que la situación acabada de dar un giro y que sí habría una escena de sexo.

A final Samy era una descarada.

¡Dios mío!

Miré a Samy y le dije:

"¿Qué estás haciendo?"

Ella solo me sonrió y se arrodilló frente a Peter, desabrochando sus pantalones como si yo ni siquiera estuviera allí.

Ella sacó su polla, que estaba ya sorprendentemente grande y dura como la piedra.

Se giró para mirarme con su polla en la mano y dijo:

"¿Recuerdas que te dije que hice ese trío? Bueno, pues ahora es tu oportunidad de unirte, si quieres. Te gusta el anal, ¿verdad?".

Luego se dio la vuelta y tomó toda la longitud de la enorme polla de Peter en su boca.

Ella no se detuvo.

Ella no tuvo náuseas.

Ella se la tragó profundamente allí delante de mí.

Su trasero se veía fantástico mientras deslizaba su cabeza hacia arriba y hacia abajo por la gorda polla de su esposo.

Me decidí en ese momento.

Me levanté para desabrocharme los jeans cuando ella se detuvo y me miró con una sonrisa traviesa:

"Oh, ahora sí que te parece una buena idea, ¿verdad?"

Le di una amplia sonrisa nerviosa y me encogí de hombros:

"Bueno, ya que estoy aquí ..."

Se puso de pie y miró a Peter antes de anunciar:

"Será mejor que vayamos arriba" y salió de la habitación y subió las escaleras.

Miré a Peter para asegurarme de que estaba de acuerdo con todo esto.

Él podía ver la preocupación en mi rostro y solo sonrió:

"Es genial cuando ella es así. Es la zorra más sucia que quisieras que fuera tu esposa. Vamos".

Y con eso asintió para que lo siguiera y subí con él también.

CAPÍTULO 3

Cuando llegamos allí arriba, Samy ya se había colocado en la cama boca arriba, con las piernas abiertas y los talones sobre la ropa de cama.

Mientras usaba su dedo índice para llamarme, dijo en voz baja:

"Ven y comprueba lo mojada que estoy".

Una vez más, miré a Peter para confirmarlo y él se rió mientras se desabotonaba la camisa:

"Yo también que tú me decidiría rápido. No las volverás a ver así más que esta noche".

Debo haber parecido incrédulo ya que él añadió:

"¡Ella te está esperando!"

Debí parecer un loco por lo rápido que me quité la ropa.

Lo arrojé todo al suelo y me arrastré hasta el hermoso coño que estaba a la vista y esperándome.

Después de varios besos levanté la mirada para ver si Samy estaba disfrutando de la atención entusiasta que estaba poniendo en su coño, pero Peter tenía sus bolas en la garganta.

Decidí darles un pequeño mordisco a sus jugosos labios.

Pude ver su rostro retorciéndose de sorpresa y ella dio un pequeño gemido.

Al menos ella sabía que estaba allí.

Peter sacó su gran polla de su boca y Samy contuvo el aliento antes de agarrar los lados de mi cabeza para acercar mi boca a la de ella.

Entonces ella me dio un gran beso mojado.

Su boca estaba llena de saliva por chupar el miembro enorme de Peter.

Se apartó de mi cara y me miró:

"¿Quieres probar algo un poco más extremo?"

"¡Tengo la impresión de que eso FUE un poco pervertido!" Le respondí.

Samy se rió y me dio la espalda.

Ella alcanzó detrás de mí y tiró de un trozo de cuerda que estaba anudado en un lazo y me la puso sobre la muñeca.

La miré medio curioso, medio sonriendo cuando llegó al otro lado e hizo lo mismo con mi otra muñeca.

Se inclinó hacia adelante para besarme otra vez y no noté que sus manos alcanzaban algo debajo de la almohada y tiraban de un trozo de cuerda que me llevó los brazos hacia las esquinas superiores de la cama.

Luego se movió hacia adelante para empujar su coño sobre mi cara.

Recibí el mensaje al instante y comencé a lamer sus húmedos labios empapados.

Ella agarró la parte posterior de mi cabeza y comenzó a restregar su coño contra mi cara.

Sentí que alcanzaba detrás de ella mi polla y comenzaba a sacudirla.

Tenía la mano mojada por el coño o por la boca.

Se desliza expertamente arriba y abajo de mi polla, envolviéndola.

Miré la cara de Samy y ella sonreía como un gato de Cheshire.

Pero podía ver sus dos manos metiendo mi cabeza en su coño, y aun así podía sentir la sensación cálida y excitada en mi polla.

Inmediatamente me di cuenta de que Peter era el responsable de mi excitación en la polla.

Empecé a luchar, pero me di cuenta de que Samy me estaba amordazando intencionalmente con su coño mojado.

Hubiera jurado que su coño se humedeció aún más por mi lucha.

Le habló en voz alta a Peter:

"Creo que le gusta, cariño".

Ella me miró:

"Te gustan las mamadas, ¿no?" luego se rió casi maniacamente.

Podía sentir la succión cada vez más rápida y, a pesar de mi lucha por soltarme, mi polla no estaba al tanto con mis preocupaciones y estaba dura como una roca.

Peter se bajó de mi polla y pude sentirlo poniendo algo alrededor de mis tobillos.

Al mismo tiempo, Samy se apartó de mi cara y dijo:

"Eso no fue justo, ¿verdad? No sabías que iba a hacer eso. Déjame que ahora te la chupe yo" y con eso se dio la vuelta para ponerse en cuclillas sobre mi cara y sobre mí.

Su boca estaba caliente y húmeda.

Comencé a relajarme un poco cuando ella se reposicionó nuevamente.

Ella maniobró su cuerpo para que su culo estuviera frente a mí y chupando mi polla.

Su cara se balanceaba arriba y abajo sobre mi polla.

Peter se colocó al pie de la cama y Samy levantó su trasero para encontrarse con su enorme polla.

Él la agarró por las caderas y se enterró profundamente en ella.

Su boca recorría todo el camino hasta la parte inferior de mi polla y cuando las bolas de Peter comenzaron a hacer un sonido de bofetada contra su coño, ella comenzó a morder la base de mi polla.

Su lengua todavía chupaba el miembro.

Esto me dio un calor extraño, pero me gustó la sensación de sus dientes, casi actuando como un anillo de polla, obligando a mi polla a tensarse.

Miré a Peter y me di cuenta de que no había asimilado que estuvo chupando mi polla.

No era el momento.

Las cosas habían vuelto a una situación más aceptable en este momento.

En voz baja ella le dijo: "¡Más fuerte!" y su empuje se volvió más frenético.

Se inclinó hacia adelante y sostuvo la cabeza de Samy sobre mi polla mientras comenzaba a golpearla.

Pude ver sus gemidos y náuseas y ella aumentó la fuerza como agarre en la base de mi polla con sus dientes.

Peter se retiró de repente y Samy levantó la cabeza, jadeando y ahogándose con su propia saliva.

Se arrastró hacia mí y me besó con su boca húmeda y pegajosa.

Podía sentirla deslizando su coño mojado arriba y abajo de mi miembro antes de que agarrara mi polla para deslizarla dentro de ella.

Su coño se sentía como si algo estuviera en llamas.

Ella se echó hacia atrás y comenzó a montar mi polla.

Ella me sonrió y preguntó:

"¿Te gustó el sabor de mi coño?"

Asentí y le devolví la sonrisa.

Por el rabillo del ojo, vi a Peter venir de un lado, subirse a la cama y sentarse a horcajadas sobre mi pecho.

Empecé a protestar, pero estaba atado demasiado fuerte.

"Detente, esto no es algo que haría. ¡No soy un chico gay!"

Peter se rió y acercó su polla a mi cara.

Traté de girar la cabeza, pero no pude obtener suficiente fuerza.

Peter estaba empujando su polla dura en mi boca.

Podía saborear el jugo del coño de Samy por todas partes.

Traté de sacarlo con la lengua, pero Peter había comenzado a poner su peso detrás de polla para follarme la cara.

Peter estaba metiendo cada vez más su polla en mi boca y pude escucharlo decir:

"Esto no te hace gay. Solo significa que estás participando. No se lo diremos a nadie, ¿verdad, cariño?"

Samy jadeó hacia él, cabalgando cada vez más fuerte sobre mi polla:

"¡No, no se lo diré a nadie en la oficina!"

Peter reforzó:

"Solo somos nosotros. Y te chupé la polla primero".

Algo en mí cedió.

Mis inhibiciones se evaporaron y decidí que era inútil luchar y demasiado tarde de todos modos.

Empecé a tratar de chuparle la polla.

Instantáneamente reaccionó:

"Eso es. ¡Oh, joder, sí, chúpalo!"

Samy también reaccionó.

Se bajó de mi polla y le dijo a Peter:

"Fóllame otra vez. Esta vez en su cara".

Se subió a mi cara y puso sus manos en la pared sobre la cama.

Cuando su coño se acercó lo suficiente, comencé a mover mi lengua hacia su clítoris.

Peter se reposicionó detrás de ella, pero en lugar de poner su polla en su coño, la volvió a poner en mi boca.

No esperé esta vez.

Lo chupé tan fuerte como pude.

No esperó mucho antes de sacarlo y enterrarlo profundamente en Samy.

Ella jadeó:

"¡Quiero que los dos me hagan correr!"

Peter respondió con sus caderas golpeando a un movimiento rítmico.

Sus bolas golpeando contra los labios de su coño.

Lamí excitadamente su coño y comencé a sentir su coño hincharse.

Sabía lo que eso significaba.

Ella comenzó a gritar cuando su orgasmo se acercaba.

"¡Más fuerte! ¡Que me jodan los dos mientras me corro!"

Peter comenzó a estrellarse contra ella y Samy comenzó a gritar.

Su orgasmo la golpeó como un tren a toda velocidad.

Ella se estaba corriendo sobre mi rostro al tiempo de los golpes profundos de la polla de Peter.

A pesar de los sonidos de Samy, escuché a Peter gemir fuertemente y me di cuenta de que él también se estaba corriendo.

Su resistencia del momento comenzó a disminuir.

El ruido se calmó.

El cuerpo de Samy comenzó a relajarse y Peter lentamente sacó su polla hinchada del coño de Samy.

Mientras lo hacía, Samy me rogó:

"¡Come mi coño, haz que me corra de nuevo!"

Cuando la polla de Peter finalmente dejó su coño y estaba a punto de chupar su clítoris nuevamente, la potente carga blanca de Peter goteó por toda mi boca y lengua.

Anticipándose a mi disgusto, Samy me presionó la cara y dijo:

"¡No te apartes! Es mi parte favorita".

Intenté ignorar el sabor salado de su semen y seguir lamiendo el coño de Samy cuando volví a sentir la boca de Peter en mi polla.

Estaba chupando fuerte y resultó en que de repente mi boca trabajaba más duro en el jugoso y usado coño de Samy.

Ella comenzó a rechinar y a resistir nuevamente.

Su orgasmo estaba creciendo y también el mío.

Peter iba a hacer que me corriera.

Cuando ese pensamiento se apoderó de mí, sentí el maremoto familiar de la aproximación de mi orgasmo.

Samy estaba empezando a gritar cuando su orgasmo se apoderó de ella.

Eso me estimuló a hacer lo mismo.

Sentí la liberación de mi semen en la boca de Peter sin ninguna culpa.

Estaba seguro de que él tenía mucho más control de esta situación que yo.

Me chupó la polla con avidez hasta que terminé.

Samy jadeaba pesadamente ahora cuando Peter se levantó y la besó.

Me di cuenta de que su boca estaba llena de mi semen que ahora corría también entre sus tetas y su vientre.

Y fue inevitable lo que siguió.

Mi cara quedó atrapada entre sus muslos cuando mi propio semen corrió hacia mis labios.

Samy se retiró de mi cara y se inclinó para besarme profundamente.

El beso sabía a su coño, y también al semen de Peter y el mío.

Ella se sentó y dio un gran suspiro:

"Eso fue divertido, ¿eh?"

Me reí nerviosamente y dije:

"Bueno, nunca había hecho ... ... nada de eso antes. ¿Puedes desatarme ahora?"

Una gran sonrisa en mi cara.

Samy se rió:

"No. Estamos todavía lejos de terminar contigo" Dijo con una sonrisa llena de anticipación que me sobrecogió.

CAPÍTULO 4

Peter se volvió y le sonrió mientras se inclinaba y recuperaba una brillante mordaza roja del cajón.

Peter tomó la mordaza con una pelota en medio y dijo:

"Si disfrutaste eso, espera a que comiencen las cosas más extremas ..."

Mi mirada debió estar en un cruce entre confundida y desesperada cuando Samy me hizo una mueca como cuando se la hace a un cachorro que escucha su voz por primera vez.

"Oh... míralo a la cara. No tiene idea de lo que está pasando".

Ella me habló con una voz dulce:

"Aquí tenemos a un chiquillo. Estarás bien. Simplemente dejas que jueguen los chicos grandes y te enseñaremos cómo jugar a medida que avancemos".

Dijo esto seguido por una risa casi maníaca.

Estaba tratando de hacerlo bien, pero estaba empezando a entrar en pánico.

Ya habían mostrado un descarado desprecio por los límites que podían tener.

¡Y también habían demostrado que sabían cómo utilizar unas cuerdas!

Samy tomó la mordaza de la mano de Peter y se sentó a horcajadas sobre mí.

Me acercó la mordaza a la cara y habló en voz baja:

"No te preocupes. Te diremos lo que sucederá antes de hacer cualquier cosa. Todo es muy divertido y todos nos reiremos de esto en el desayuno."

Sentí que me relajaba un poco y, en respuesta al gesto de Samy, abrí la boca para la mordaza.

Samy me miró de nuevo y me preguntó en el mismo tono que si le preguntas a alguien si quiere una taza de té:

"¿Quieres ver cómo me lleno mi trasero con el jugo de mi coño?"

Hice un sonido de gorgoteo mientras asentía y estoy seguro de que pudo ver una sonrisa en mi rostro alrededor de la mordaza.

Se dio la vuelta y se colocó a cuatro patas con sus jugosos coño y culo a pocos centímetros de mi cara.

Metió la mano debajo de su coño mojado y lo frotó hasta que su mano se cubrió con sus jugos espesos.

Luego se pasó la mano por la parte superior del culo y se untó el jugo por todo el culo apretado.

Solo unos pocos golpes y ella ya estaba empezando a deslizar un dedo dentro de él.

Primero su dedo medio y luego dos.

E iban más profundo con cada golpe que daba.

Bajó la boca sobre mi polla flácida y se la metió en la boca.

Ella no la chupó, sino que tomó con los labios la cabeza para poder alcanzar su coño con su mano libre.

En cuestión de segundos tenía tres dedos en su coño y los mismos tres dedos de la otra mano en su culo y estaba gimiendo sobre mi polla que milagrosamente comenzó a responder.

Como debió sentir que me estaba poniendo ya duro de nuevo, ella miró a Peter.

Casi me había olvidado de que estaba allí.

La escuché juguetonamente preguntar:

"Ooh cariño, él está despertando de nuevo. ¿Qué hay de ti?"

"¡Sabes que no puedo resistir la tentación de verte cuando te tocas ese lindo y pequeño trasero!" él respondió.

Samy me miró:

"¿Quieres verlo follar mi culo con su polla?"

De nuevo, todo lo que pude lograr fue un gemido sofocado y un asentimiento.

Peter se levantó en la cama y sin que Samy se moviera en absoluto, salvo por sacar sus dedos de su culo ahora ligeramente abierto, se colocó sobre mi cabeza y enterró su gran polla en el agujero en espera de Samy.

Ella jadeó y gimió al mismo tiempo.

Él se retiró lentamente y comenzó a follarla rítmicamente.

Su boca volvió a mi polla, pero esta vez sus gemidos fueron constantes.

Esto puso mi polla tan dura como si no me hubiera corrido antes.

No pensé que eso fuera posible.

Samy estaba tratando de hablarme entre sus fuertes gemidos:

"Dijiste ... ... que te gustaba el anal ... ... ¿quieres ... ... algo de mi apretado ... ... culo en tu polla ...? "

Esta vez no dije nada, solo una mirada de aprobación y algo de asentimiento.

Como en respuesta al hecho de que su "turno" había terminado, Peter le dio unos golpes fuertes y se retiró.

Su trasero se quedó boquiabierto brevemente antes de cerrarse.

Samy se arrastró por la cama y se dio la vuelta.

Me estaba mirando mientras guiaba mi polla por su culo.

Esperaba que estuviera menos apretado después de los golpes que Peter le había dado, pero fue como un vicio en mi polla.

Ella empujó todo el camino hasta que la llené hasta la base de mi polla.

"¿Se siente tan bien para ti como para mí?"

Solo podía asentir mientras ella se movía alrededor de la base de mi polla.

Samy se agachó y se frotó el clítoris.

Pude escuchar lo mojada que estaba.

Ella mantuvo contacto visual conmigo mientras levantaba su mano ahora empapada y probaba sus propios jugos.

Ella comenzó a mover lentamente mi polla.

No arriba y abajo, sino un movimiento circular.

Peter se había levantado de la cama y se había maniobrado detrás de Samy.

La agarró por el pelo y forzó su rostro hacia el mío.

No podía decir lo que estaba pasando, pero me di cuenta cuando el culo de Samy parecía ponerse increíblemente tenso y su rostro mostraba la tensión de la polla de Peter forzando su camino con el mío.

Él le preguntó suavemente: "¿estás bien, bebé?" y ella asintió vagamente.

Él comenzó a acariciar lentamente su polla dentro y fuera de su culo. Podía sentirlo deslizarse a lo largo de mi miembro también.

El movimiento rítmico se sintió increíble.

Samy se apoyó en mi cuello cuando el golpe de Peter se hizo más duro y me mordió el hombro cuando llegó a un nivel palpitante.

Samy estaba frotándose el coño otra vez y sus gemidos se hacían cada vez más fuertes.

Ella comenzó a resistirse y pude sentir la polla de Peter salir cuando el cuerpo de Samy perdió el control bajo la ola del orgasmo.

Ella levantó su cuerpo de mi polla y luego puso todo su peso sobre mí.

Podía escucharla susurrando en mi oído, "¿Entonces te gusta el anal?".

Ella levantó la cabeza para mirarme y traté de sonreír alrededor de la mordaza mientras asentía.

Ella le devolvió la sonrisa y se recostó para seguir susurrando:

"Recuerdo que dijiste que tenías una novia que te metió el dedo en el culo. También recuerdo que dijiste que no te importaba. ¡Chico travieso! ¡Quieres que me chupe el jugo de tu polla mientras te toco el culo? "

No podía creer lo que estaba escuchando.

Lo había disfrutado cuando lo había hecho antes.

Incluso había comprado en secreto un tapón de tope por algún tiempo para uso personal, pero no recuerdo haberle contado a Samy al respecto.

Ese coqueteo en la oficina debió haber derivado algunas veces en otros temas cuando no estaba prestando atención.

Mi mirada fue suficiente para Samy.

"No te preocupes, lo tomaré como un 'sí'".

Ella deslizó su cuerpo pesadamente por el mío.

Ella todavía debe haber estado sintiendo los efectos de su orgasmo.

Se bajó hasta mi polla y miró a Peter.

"Cariño, pásame un poco de lubricante".

No hizo un solo gesto mientras levantaba una botella de lubricante del tocador y vertía un poco sobre la mano que esperaba Samy.

Se sentía cálido cuando lo untó por todo mi trasero.

Samy ni siquiera miró a Peter cuando dijo:

"Cariño, ¿podrías levantar sus piernas por mí?"

Todavía estaban atadas en los nudos de cuando me acosté por primera vez.

Nuevamente, Peter hizo lo que le dijeron sin falta de compostura.

Metió la mano debajo de la cama y, tal y como suena, soltó las cuerdas que sostenían mis tobillos y sujetó los dos, uno a cada extremo de lo que parecía un mango de escoba.

Luego extendió la mano hacia la barra larga que mantenía mis piernas separadas.

Alzando mis piernas con ella para sujetar la barra a un trozo de cuerda que estaba sujeta a un gancho en el techo del que ni siquiera había dado cuenta antes.

Ahora estaba acostado de espaldas con las manos atadas y las piernas en el aire, bien abiertas.

Samy casi gritó cuando exclamó:

"¡Oh, sí! ¡Así esto será mucho más fácil!"

Se dedicó a untar el lubricante sobre mi ano y se inclinó para lamer mi polla.

Se sentía muy tan bien tener su boca caliente sobre mi polla mientras su dedo lentamente se mentía más y más profundo en mi trasero.

No podría estar seguro, pero creo que ella me miró alegremente cuando anunció que su dedo estaba completamente adentro,

"¡Voy a probar con dos!"

Empujó un segundo dedo y me sorprendió descubrir que, en lugar de doler o estar incómodo, solo aumentaba la intensidad de mi placer.

Tal vez había estado usando mi propio conector de tope más de lo que pensaba.

Pude oír a Samy gemir de nuevo y me di cuenta de que había cerrado los ojos.

Miré a Samy y pude ver que Peter había encontrado nuevamente un buen lugar detrás de ella.

Lentamente estaba entrando y saliendo de ella.

No podía decir en qué agujero estaba, pero por los gemidos de Samy, sospeché que estaba en su trasero.

Su empuje se estaba volviendo más duro en mi trasero, pero la sensación mejoró al hacerlo.

Estaba gimiendo cuando ella me miró, sacó mi polla de su boca y jadeó:

"¡Ya son tres dedos! Chico sucio. Quizás un consolador te sería mejor. Probablemente ni siquiera sea tan grande como tres dedos. ¡Vamos a intentarlo! "

No estaba en posición de protestar.

¡Literalmente!

Sin siquiera detenerse, Peter se apoyó detrás de sí mismo en el cajón del tocador, lo abrió y sacó un largo consolador de látex.

No era muy grueso, pero claramente era un doble consolador.

Samy me tranquilizó rápidamente:

"No te preocupes, no te lo meteré todo".

Ella untó más lubricante de mi trasero y sin dudarlo más, lo metió dentro de mí.

Samy estaba follando mi culo con un consolador y se sentía como el cielo.

Ni siquiera estaba chupando mi polla y todavía se sentía como el cielo.

Estaba gimiendo fuertemente cuando la escuché decir:

"¡Dios mío, te has metido quince centímetros, chico malo!"

No podía creerlo, pero podía sentir los largos golpes del consolador dentro y fuera de mi culo.

Luego lo sacó, empujó a Peter lejos de ella, se puso de pie y anunció:

"¡Tengo una idea!"

Peter parecía confundido cuando ella se puso de puntillas y le susurró algo al oído.

Una gran sonrisa apareció en su rostro.

Sentí una ola de ansiedad.

Estos dos habían planeado mucho esta noche y ahora incluso estaba saliendo juguetón para ellos.

Samy volvió al cajón del que había venido el consolador y sacó una venda.

Me la trajo y se sentó en la cama a mi lado.

"Deseo dejar que tus sentidos se hagan cargo. ¡Al quitarte la vista con los ojos vendados, tu sentido de los sentimientos te pondrá en órbita! Confía en mí".

No lo hice.

Me puso la venda en los ojos y me encontré levantando la cabeza para que la correa quedara atrás.

Cada fibra de sentido común que tenía me decía que protestara, pero mi cuerpo me gritaba que 'simplemente lo aceptara'.

Samy se movió de nuevo y estaba tratando de percibir lo que estaba sucediendo cuando pude sentir a Samy lamiendo mi polla.

Se confirmó cuando la escuché preguntar:

"¿No es así mejor?"

Gemí un ruido afirmativo y ella con avidez me dio una mamada descuidada.

Sentí su mano alrededor de mi trasero y sus dedos sondeando mi agujero.

No podía escuchar a Peter, pero podía sentir el peso de la cama moviéndose con uno de ellos desplazándose sobre ella.

Samy dejó de chuparme la polla y pude sentir a uno de ellos cerca de mi trasero expuesto.

"Si te gustó el consolador ..." dijo Samy.

Pasaron unos segundos cuando sentí frotar mi culo antes de darme cuenta de lo que estaba sucediendo.

Peter estaba empezando a empujar su gran polla dentro de mí.

Lo había visto de cerca como lo había hecho, al destruir el trasero de Samy.

Quería detenerlos, pero estaba atado como un pavo, con los ojos vendados y luchando contra una abrumadora sensación de disfrute.

Mi cuerpo estaba en el cielo mientras mi psique intentaba rebelarse de toda la situación.

Su polla era más ancha que el consolador y estaba empezando a entrar en ritmo cuando Samy habló:

"Solo relájate. Sabes que se siente bien. Déjame chuparte la polla mientras te folla y apuesto a que se sentirá tan bien que "¡te correrás en poco tiempo!"

Y ella lo hizo.

Ella estaba chupando mi polla con gran entusiasmo tal y como lo sentía.

Me llegaron los primeros dolores de un orgasmo inminente.

La confusión en mi cabeza era como una vorágine de lo correcto, lo incorrecto, lo gay, lo heterosexual, el tabú y el placer.

Iba a correrme con la polla de un hombre en mi culo.

Y lo iba a disfrutar.

Me estuviera gustado o no.

La polla de Peter ahora se movía tan fuerte y rápido que podía sentir sus bolas golpearme y él se hundía hasta la empuñadura con cada golpe.

Samy también había aumentado su velocidad.

Me acercaba.

Podía sentir mi cuerpo comenzar a tambalearse mientras gemía y cuando ambos lo escucharon, ambos subieron una marcha.

Peter estaba gimiendo mientras follaba a mi ano de forma desenfrenada.

Samy estaba gimiendo en mi polla.

Sin duda frotándose su coño furiosamente.

Mi cuerpo se sacudió con fuerza y me fusioné conmigo mismo en ese momento, ya que tuve el mejor orgasmo de mi vida.

Mi culo y mi polla, a la vez, eran los epicentros del orgasmo que me golpeaba.

Samy apretó su boca alrededor de mi polla y disparé mi segunda carga de la noche.

A medida que mi percepción de mi entorno se reorientó, sentí a Peter deslizarse lentamente de mi trasero.

Samy estaba moviéndose alrededor de mi cabeza para quitarme la mordaza.

Cuando salió de mi boca, quise jadear fuertemente, pero pude sentirla allí tratando de besarme.

Abrí la boca y su lengua invadió mi boca junto con un bocado de mi propio semen.

No sabía qué hacer.

Ella mantuvo la boca cerrada por un momento más antes de levantar la cabeza y pude sentir mi semen corriendo por un lado de mi cara.

Después de esto siguió un momento de silencio.

Samy habló primero con Peter:

"¿Te corriste? ¿En su trasero? ¡Oh bebé! Esa es la primera vez".

Y luego a mí:

"Apuesto a que nunca antes te habías corrido mientras te follaban el culo, ¿eh?"

Ni siquiera me había dado cuenta.

En mi propio entusiasmo, la corrida de Peter había sido un espectáculo secundario del que ni siquiera sabía.

Sentí algo de movimiento y me di cuenta de que Peter me estaba desenganchando las piernas.

Samy se había movido para ayudar a desatarme mis muñecas.

Mientras lo hacía, me quité la venda.

Mis ojos tardaron un segundo en adaptarse.

Los dos estaban sonriendo.

Finalmente tuve la oportunidad de hablar:

"¡Ustedes dos están locos!"

Mis palabras traicionadas por mi incapacidad para mantener una sonrisa en mi rostro.

Samy fue la primera en responder:

"Hay una moraleja en esta historia. No digas 'no' cuando sería mejor decir 'sí'".

Peter se rió:

"¿Qué clase de mierda filosófica es esa?"

"No lo sé. Solo lo inventé".

Samy me miró y dijo:

"Las toallas están allí en el estante" y señaló la puerta del baño.

Ella miró a Peter:

"¿Una taza de té?" y sonrío.

Peter simplemente respondió:

"Está bien".

CAPÍTULO 5

Me duché e intenté ordenar mis pensamientos.

Cuando me sequé y me vestí, bajé las escaleras y los encontré a los dos en la cocina.

Mi té en la encimera.

"Te hemos ordenado un taxi. Debería estar aquí en diez minutos". Dijo Peter

En diez minutos llegó el taxi.

Me desearon buenas noches como si simplemente hubiera venido a tomarme una taza de té.

Samy me guiñó un ojo y subí al taxi.

Ese fue mi primer trío con una pareja.

EL DESEO DE SANDY
POR
ERIKA SANDERS

"Te espero en la habitación de siempre del hotel esta noche, te necesito".

Sandy cuelga el teléfono a Sam, anticipando nerviosamente su gran noche.

Nunca ha tomado medidas tan audaces con ningún otro amante.

Aunque era exigente y hambrienta como un loba, ningún hombre ha tocado sus pasiones más profundas como lo hace este amante.

Y cuando ella tentativamente se lo comenta, para su deleite, él es receptivo a ello.

Su mente se volvió loca.

¿Puede este amante realmente darle lo que ella anhela?

En su rutina diaria, Sam es un hombre poderoso y exitoso, un hombre que en su mundo todos se detienen a escucharle.

Y en su mundo, Sandy es una madre casada suburbana tranquila, también escuchada, pero solo por hijos pequeños.

Ella desea control y respeto casi tan fuertemente como él desea que alguien lo cuide.

Alguien que asuma la responsabilidad.

Alguien para aliviar la presión de estar siempre al cargo.

* * *

Sandy se para delante de la puerta de la habitación del hotel, sabiendo que él la espera adentro.

Nerviosa llama a la puerta.

Invocando su coraje y recordando sus fantasías, interpreta su papel un poco.

"Abre la puerta ahora mismo, o me voy a casa".

Sam sonríe al escuchar la voz de su amante ordenándole.

Casi puede escuchar la risa musical que acompaña a la mayor parte de su discurso, sabiendo que él en su vida, en general, la hace reír y esto en particular es un cambio de ritmo para ella por lo que debe estar explotando de alegría.

Cuando la puerta se abre, ella evita una sonrisa.

Él le sonríe y sus ojos atraviesan los de ella en un intento involuntario de luchar por el control de la situación.

"No esta noche, Sam. No esta noche. Esta noche estoy a cargo yo, no tú. Quítatelo todo y ve a la cama. Ahora mimo o me iré".

Sandy pronuncia estas palabras con creciente confianza.

Su voz resuena firmemente.

De pie, con los pies firmemente plantados en el suelo, Sandy lo ve desnudarse.

Cada prenda de vestir que se quita revela un poco más de su físico increíble.

WOW.

Cómo le gusta a ella.

"Ahora acuéstate en la cama. Y No te muevas, Sam, o me iré. Lo digo en serio".

Sandy suena seria y firme, su primer ejercicio de control, y con la emoción creciendo a cada minuto.

Se acuesta en la cama, su masculinidad, de momento floja, va creciendo lentamente, creando una línea perpendicular a su cuerpo tumbado.

"Tus ojos en mí. Mírame".

Sandy está de pie a los pies de la cama, con su amante desnudo delante de ella.

Mientras se quita muy lentamente, y deliberadamente, cada prenda de vestir.

Tirando lentamente de su camiseta sobre su cabeza, se detiene frente a él.

Su escote sobresale de las copas del sujetador negro tratando, endeblemente, de mantener sus tetas en su lugar.

Su delgada cintura está cubierta por un corsé negro, atado en la parte delantera para enfatizar sus curvas.

Lentamente se quita la falda, centímetro a centímetro, revelando una diminuta tanga de cuentas negras y con delicados lazos, también negros, en cada cadera.

Girándose para que él mire su espalda, lentamente se desabrocha el sujetador para que sus senos se balanceen libremente sobre su corsé, liberados de su prisión temporal.

Sandy suspira con deleite.

Con la espalda hacia su amante, gira la cabeza sobre su hombro y nuevamente le advierte:

"No te muevas".

Girándose, lentamente, y exponiendo sus deliciosos senos hacia él, lleva el sostén en sus manos.

Lanzándoselo hacia la cama, cae sobre su rodilla.

El encaje del sujetador le hace cosquillas en la rodilla y comienza a agacharse para quitarlo.

Sandy lo mira severamente:

"Esta es tu primera advertencia. No te muevas. Sabes muy bien lo que sucederá si lo haces".

Mientras lucha por quedarse quieto, siente que el sujetador le está incomodando, haciéndole cosquillas en la rodilla.

Es cada vez más consciente de su presencia.

Su piel hormiguea de deseo de rascarse.

Mientras sus miradas se siguen encontrándose, Sandy tira lentamente de los lazos de los costados de su tanga negra, desatándola.

Mientras, cae al suelo, junto la demás ropa.

De pie, ya totalmente desnuda, salvo el corsé, Sandy levanta lentamente su rodilla izquierda desde el pie de la cama hasta el colchón, a punto de arrastrarse hacia él.

Levantando la otra rodilla, ella está a sus pies.

Con las manos estiradas hacia adelante, su cuerpo se balancea ligeramente con una lujuria incontrolada.

Ella se balancea sobre sus rodillas, imitando su deseo de montar su polla dura, mientras mira con lujuria sus ojos.

Sam yace allí, dispuesto a mantener sus manos a los costados, luchando contra el impulso de tomar el control de este hermosa gatita sexual al pie de su cama.

Se recuerda a sí mismo cuánto tiempo han esperado para consumar esta fantasía correctamente, y quiere cumplirla hasta el último detalle.

Se retuerce impaciente, recordándose a sí mismo que, si se mueve, arruinará este delicioso juego.

Su polla se mantiene firme en la atención y Sandy no puede evitar observar cuán absolutamente apetecible se ve.

Lamiendo sus labios sugestivamente, se encuentra con su mirada, notando el sudor que se forma en su labio superior.

Mientras él lucha por seguir sus deseos para esa noche.

Ella se detiene y se da cuenta de que su sostén aún le roza la rodilla, sabiendo que el material de la tela tiene que estar volviéndole loco.

Afortunadamente para él, ella lo levanta de su rodilla.

Pero luego pasa la tela de malla y encaje lentamente por su muslo, sobre su ingle, acariciando ligeramente su piel, hasta que finalmente la arroja detrás de ella al montón de ropa desechada al pie de la cama.

Deslizando su cuerpo con gracia, ella acerca su boca a centímetros de la de él.

Mirando sus labios, ella sabe que esta es la boca que ella besa con pasión cruda, con tanta hambre.

Ella sabe que él está luchando contra sus deseos más fuertes de no quedarse quieto y devorarla con su boca.

Sentada sobre su pecho, apoyando su cuerpo con sus fuertes piernas, su coñito deseoso y su exuberante piel rozan su torso.

A horcajadas sobre él, ella le pregunta suavemente:

"¿Te gustaría probarme?"

Temblando, sabiendo que han intercambiado completamente el poder por esa noche, solo puede asentir.

En respuesta a su asentimiento, Sandy pasa su dedo medio sobre su raja goteante, levantándose ligeramente, para que la mire.

Con su dedo brillando con sus jugos, lo pasa por debajo de su nariz, sin tocar su piel.

"¿Puedes olerme, Sam?"

De nuevo asiente.

"¿Te gustaría probarme, Sam?"

Sandy absorbe completamente su papel de estar al cargo y disfruta de tentarlo y burlarse de él, sabiendo que al final de la noche, habrán experimentado algo completamente nuevo.

Sandy toca con su dedo el tembloroso labio superior de él, alimentándolo con sus jugos como un oasis en el desierto.

Al pasar el dedo sobre sus labios, ella se inclina hacia adelante, por lo que sus senos se balancean y rozan su pecho mientras lo hace.

Sacando la lengua, lame solo sus labios, compartiendo sus jugos, saboreando sus labios, refrenándose para no devorarlo, sabiendo que una vez que la bese, perderá el control que tanto ha trabajado para conseguir.

Con los labios tensos al tocar, Sandy recupera rápidamente su leve pérdida de compostura.

Metiendo su dedo entre sus dientes, él lame su esencia.

Sus ojos y los de él nunca se separan y con su mirada ya se han follado miles de veces antes de que las partes de sus cuerpos incluso converjan.

Deslizándose un poco por su torso, su trasero juega con su polla erecta mientras sus nalgas envuelven su palpitante virilidad que se esfuerza por empujar entre sus piernas.

Ella continúa deslizándose hacia atrás, su cálida flor caliente roza la punta de su vara dura, tentando y burlándose de él con su calor.

Ella se desliza por sus piernas, que él lucha para mantener quietas, hasta que su boca alcanza su erección masiva.

Lentamente deslizando la punta de su lengua entre sus labios, Sandy le lame la cabeza, pero nada más.

Su amante se esfuerza por empujar profundamente en su garganta, pero ella se niega a sucumbir a su deseo de encerrarlo con la boca.

En cambio, ella lo atormenta lentamente, solo lamiendo como un cono de helado, saboreando la cabeza redondeada de su polla.

"¿Quieres más, Sam?" Sandy pregunta dulcemente.

"Uh huh", una respuesta estrangulada emerge de su garganta.

"Necesito que demuestres lo que quieres. Muéstrame lo que debo hacer con tu boca".

Cuando Sandy dice esto, desliza su cuerpo hacia arriba desde su polla hacia su boca, donde planta su coño goteando junto a su boca.

"Muéstrame cómo te gusta ser lamido. Necesito aprender y solo tú sabes lo que más necesitas".

Sandy se sienta a horcajadas directamente sobre su boca, mientras agarra el costado de su cabeza con ambas manos, guiando su cabeza hacia adelante para poner su boca y su coño en contacto directo.

"Cómeme. Muéstrame cuánto me quieres".

Cuando ella le ordena que haga esto, Sandy suelta su cabeza y se recuesta sobre sus brazos, acercando su coño a su boca.

Echando la cabeza hacia atrás en éxtasis, se da cuenta de que su amante nuevamente está disfrutando totalmente de su juego de roles mientras él le da vueltas con hambre a su coño, sabiendo qué, si hace un buen trabajo, las recompensas serán inmensas.

Pasando su lengua sobre sus labios, abriendo su flor, succionando su clítoris, alternativamente se siente más increíble en su boca hambrienta.

Él continúa lamiéndola hasta que su excitación le baja por la barbilla.

Él la alcanza para agarrar sus caderas y ella retrocede rápidamente.

"Te dije que no te movieras. Esta es tu segunda advertencia".

Mientras retira rápidamente su coño de su boca, observa la mirada perpleja en los ojos de su amante.

Incapaz de permanecer completamente en el papel, Sandy se inclina hacia adelante y le lame los jugos con ternura de la cara, besando sus mejillas y mirándolo a los ojos para que comprenda que ella realmente está jugando el juego, pero que nada realmente la alejará de él.

Después de que ella le lame la boca, el recordatorio de su propia excitación casi hace que pierda el control.

Temblando por mantener su papel, ella se aleja rápidamente de él nuevamente y se baja de la cama para mirar a su amante acostado allí, esperando su próximo movimiento.

Su polla brilla donde ella lamió la cabeza, pero ella nota una pequeña gota de líquido preseminal empujando desde la punta.

"Sam, parece que estás muy emocionado. ¿Puedes contarme sobre eso?"

"Me estás volviendo loco, Sandy. Esta es la tortura más dulce que he conocido".

"Bueno, Sam, la paciencia tiene sus recompensas y quiero que los dos aprendamos algo. Y no estoy cerca de terminar contigo".

Mientras dice esto, rápidamente se separa de la cama y se inclina para darle a su amante una vista de su culo maravillosamente redondeado.

Gime lujuriosamente, sabiendo que solo tiene que mirar.

Saca algo en su bolso y se da vuelta sosteniendo un pequeño objeto, pero con el puño apretado, obviamente, porque no está lista para que él vea.

"Cierra los ojos", le ordena.

Cada parte de su fuerza de voluntad se pone a prueba ya que las únicas restricciones y prohibiciones que ellos usan para este juego de roles son puramente mentales.

Él ha elegido no moverse ni abrir los ojos, simplemente porque Sandy lo ha solicitado.

Él siente que su cuerpo se coloca junto al suyo y el colchón se mueve ligeramente, ya que ella debe haberse sentado a su lado.

Su pequeña mano toca la cabeza de su polla, su dedo frotando el líquido preseminal alrededor de la parte superior.

"Sam, parece que estás listo para explotar. Pero yo estoy lista para eso. Pero no te preocupes y no abras los ojos ni te muevas".

El silencio es ensordecedor ya que el único sonido en la habitación es su respiración cada vez más laboriosa.

Sandy agarra su polla con una mano, y con la otra desliza algo sobre la cabeza, un frío anillo de metal que hace que un escalofrío recorra su cuerpo y le haga temblar la espalda.

Ella desliza el anillo hasta la base de su polla, y su pulsación se contrae.

Inmediatamente, se siente cada vez más fuerte e hinchándose.

"Abre tus ojos."

Su amante abre los ojos y capta un destello de metal y un cojinete en la base de su enorme erección.

"Un anillo para la polla, ¿eh?"

"Esta es mi comodín de seguridad, Sam. Tengo muchas cosas que hacer contigo y no quiero que esto termine antes de comenzar. ¿Puedes sentirlo?"

"Sí, está apretado".

"¿Es incómodo?"

"No, solo diferente".

Su amante traga saliva, con un poco de nerviosismo, por no haber usado nunca ningún tipo de juguete para adultos.

"El rodamiento está diseñado para darme placer. Voy a ver cómo se siente. Quédate quieto".

Sandy está disfrutando de su juego de control y su excitación comienza a estar en un punto álgido.

Sus jugos calientes fluyen libremente, por lo que todo lo que tiene que hacer es montarle, a horcajadas, y bajar sobre él, que le llena inmediatamente con su enorme polla.

Se inclina hacia adelante haciendo que el rodamiento ruede sobre su clítoris.

Su cuerpo inmediatamente calienta el frío metal y presiona sugestivamente contra su punto mágico mientras ella se balancea hacia adelante.

Su miembro arqueándose ligeramente mientras ella se aprieta en el cojinete.

Le agarra sus muñecas con sus pequeñas manos, aunque cualquier tipo de inmovilización es meramente simbólico, ya que él podría vencerla fácilmente.

Su juego no es realmente sobre el poder.

Ella simplemente se hace pasar por la agresora, la heroína conquistadora.

Con un astuto guiño de comprensión tácita entre ellos, su placer mutuo se intensifica.

"Esto es lo que quiero, Sam. ¿Puedes sentirme? ¿Puedes sentir lo caliente que me pones?"

Sandy se muerde el labio inferior mientras presiona más fuerte.

Las paredes de su vagina se tensan, agarrando el miembro de Sam con dominación posesiva.

Ella se levanta más alto, apretando su miembro mientras él siente que el anillo de la polla restringe su excitación, haciendo que se ponga más dura.

Sam hace una mueca ya que su instinto es lanzar sus caderas salvajemente hacia las profundidades de sus encantos femeninos.

Pero recordando que ya tiene dos advertencias, lucha para contenerse.

Sandy se desliza hasta la parte superior de su polla, con solo la cabeza dentro de ella y se sienta perfectamente quieta, preparada para liberarlo o rodearlo.

El momento de tensión se prolonga cuando Sandy permanece perfectamente quieta.

"Sam, ¿estás disfrutando esto? ¿Te gusta cómo juega tu amante? ¿Puedes seguirme otra vez?"

La burla juguetona de Sandy emociona a Sam cuando se da cuenta de que puede cruzar la línea solo una vez.

En lugar de responderle, levanta las caderas y hunde su palpitante miembro lleno de virilidad en ella.

El cojinete del anillo de martillo rueda sobre su clítoris y él le sonríe juguetonamente,

"¿Tres advertencias me envían a la banca?"

Sandy se estremece por un momento, dispuesta a mantener el control y le devuelve la sonrisa a Sam:

"Analogía de béisbol, ¿eh? Yo diría que esto es un aviso de falta. Vamos a por otro lanzamiento".

Sandy continúa sujetando la muñeca de Sam con una especie de agarre falso mientras se separa a regañadientes de él.

Mirándolo, de repente la premisa del juego pierde importancia.

Ella quiere que este hombre empuje dentro de ella y está perdiendo por momentos su fuerza de voluntad.

"Creo que necesito consultar con el lanzador", afirma Sandy, mientras mantiene viva la analogía del béisbol, pero se inclina para besar a Sam.

Apretando su boca contra la de él, ella gime lujuriosamente, mientras el juego de roles se evapora rápidamente.

Sin aliento, ella se separa de él.

"Fóllame ya. Esa es mi orden, Sam".

Sam le sonríe a su Sandy y da un suspiro de alivio.

"¿Con o sin esta cosa?"

Sam señala el anillo de la polla con curiosidad.

"Con eso, hasta que estés a punto de llegar al clímax, entonces te lo quitaré".

Sandy se da vuelta sobre su espalda y abre las piernas con una invitación seductora.

"Sam, recuerda que todavía estoy al cargo, y quiero que me folles con tu boca".

"Con mucho gusto, mi ama. Con mucho gusto. Ahora es tu turno de quedarte quieta".

Mientras Sandy abre las piernas, Sam se coloca entre ellas y da vueltas hambrientas con la lengua entre ellas, sintiendo el néctar. deslizarse sobre su lengua, que fluye agradecido por su excitación.

Mientras le lame su flor abierta, paseándose alrededor de ella, Sandy gime con un anhelo de deseo primitivo.

Sandy se pierde en las sensaciones de la lengua de Sam y flota a un lugar muy alejado de su habitación de hotel.

Agarrando su cabeza, ella lo invita en silencio a unirse a su viaje extático.

Sam mide sus respuestas y sabe que está al borde de su orgasmo.

Él desliza hacia arriba su cuerpo, su sabor aún en sus labios.

Mientras empuja su polla dentro de ella, la besa en su boca profundamente.

Al entrar en ella con facilidad, Sam siente que sus paredes temblorosas lo rodean.

Ella siente su anillo contra su clítoris mientras Sam empuja una y otra vez, mostrándole que se necesitan dos, no uno, para hacer el amor.

Ella dobla las piernas hacia atrás hasta que descansan sobre los hombros de Sam, y él la penetra por completo.

Su cuerpo está lleno de él, su clítoris le hace cosquillas y siente cada profundidad de su feminidad.

Sam consume su cara, cuello y hombros con sus besos.

"Oh Sam"

Sam acelera su paso, sabiendo que su Sandy está muy cerca del clímax.

Ella comienza a revolverse y él recuerda la premisa de la noche.

"¿Estás lista, mi ama?"

"Lo estoy."

Deteniéndose por un momento, Sam se retira nuevamente de Sandy.

Ella agarra su polla, saturada con sus jugos, y rueda el anillo de la polla hacia arriba.

La bola de metal redondeada traza un camino invisible a lo largo de su polla.

Sosteniendo el anillo brillante en su palma, sonríe al símbolo de su éxtasis mutuo.

Sandy se lleva el anillo a la boca y lame la circunferencia, sin apartar nunca la mirada de los ojos de Sam.

Sosteniendo el anillo entre sus dientes, se inclina hacia Sam mientras él lo saca de sus dientes, solo para arrojarlo sobre la cama.

"Eres tan hermosa que nada puede evitar que quiera estar dentro de ti, en todos los sentidos".

"Tómame, mi amante".

Sin más palabras, Sam empuja su furiosa erección en la hambrienta abertura de Sandy.

Ella lo recibe dentro prácticamente con un grito de bienvenida.

Repetidamente él la empuja salvajemente, una y otra vez.

Sandy gime de pasión incontrolable.

"Mmmmmmmmmmmm, Sam. Oh cariño. Así, así, más fuerte, asiiiiiiií".

"Oh baby, Sandy, te quiero tanto".

"Vamos Sam, más duro".

Sam hace una pausa por un momento, sacándose del calor de Sandy.

"Sandy, estoy listo para explotar. ¿Estás lista?"

"Estaba lista para ti en el momento en que entraste, Sam".

Cuando Sandy dice esto, se agacha, guiando a Sam de regreso a su ansiosa apertura.

Con un movimiento rápido, Sam empuja hacia Sandy y aprieta los dientes.

Enterrando su palpitante polla profundamente en ella.

Ella gime como una mujer que de repente se ha llenado de todo lo que necesita.

"Oh Sam, la tienes aún enorme para mí".

"A qué tu esposo no te la tiene así de preparada para ti. Me he estado mentalizando toda el día. Me encantó verte tomar el control".

"Es cierto no la tiene así, y me encanta compartir lo que tienes conmigo".

Los amantes dejan de hablar y comienzan a moverse más rápido, ambos tan peligrosamente cerca de su clímax.

Sam empuja repetidamente y Sandy se levanta para encontrarse con cada uno de sus empujes mientras bailan el vals de la alegría primitiva.

"Oh Sam, córrete conmigo ... ya estoy allí ..."

Sandy jadea y se retuerce mientras su rostro se contorsiona con una pasión incontrolada mientras oleadas de músculos contraídos se apoderan de su interior e irradian placer a través de su cuerpo.

"Oh Sandy ..."

El cuerpo de Sam se pone rígido y la toma con sus brazos mientras transfiere toda su energía de su polla pulsante al cuerpo acogedor de Sandy.

Su leche fluye hacia ella, mientras el jugo de ella fluye al alrededor de su pollón, en un éxtasis líquido.

Colapsando ambos sin aliento sobre el colchón, se toman de las manos mientras sus latidos se desaceleran.

"Eso fue mucho mejor que los polvos rápidos habituales, ¿no crees?" Sam le sonríe perversamente a Sandy.

"Oh, sí, y el que mi esposo saliera de viaje fue de ayuda. Así pudimos gozar mejor de nuestra habitación".

"Bueno, cariño, realmente no quería gastar toda mi pasión acumulada para llevar a mi esposa a la cama. Quería dártelo todo a ti".

"Y yo quería que me lo dieras todo a mí. Diría que tuvimos nuestro deseo, ¿verdad?"

“Sí. Y aún tenemos tiempo para más ya que mi esposa no me espera en casa pronto ...”

"¡Genial! Vamos a tener que poner dura de nuevo a esa polla tan sabrosa" Dijo Sandy mientras se agachaba para volver a lamerle el pollón ...

.

ESPOSA DOMINANTE
POR
ERIKA SANDERS

CAPÍTULO 1

Todo había empezado inocentemente.

Siempre había fantaseado con que mi esposa tomara más control en la cama, y cuando me preguntó si podía atarme, aproveché la oportunidad.

Sacó algunos de mis viejas corbatas del armario y me ató con las piernas abiertas a la cama.

Luego, en lugar de montarme, me vendó los ojos.

Eso estuvo bien, no era lo que esperaba, pero fue un buen toque.

Por fin se me concedió mi deseo, pero parecía que había olvidado algo.

Algo bastante importante.

Como dije, siempre había fantaseado con que mi esposa tomara el control.

Nunca imaginé que ella sería tan buena en eso.

Ella se burló de mí implacablemente, succionándome con dureza y luego deslizando su jugoso sexo sobre mi pecho y de vuelta a mi boca para que la comiera, todo el tiempo pellizcando mis pezones o golpeando mi polla contra mi estómago.

"Por favor, Ama, necesito correrme. Lo necesito realmente ya".

No estaba seguro de cuándo había comenzado a llamarla Ama durante los juegos de la noche, pero parecía mucho más fácil ahora que había comenzado.

"Mmmmm ... ¿El esclavo está cachondo? ¿Quiere que lo follen?"

Ni siquiera tuve tiempo de preguntarme acerca de su cambio de tono o de cómo me llamó, porque hubo una intrusión en la que no debería haber habido.

Ella estaba metiendo un dedo lubricado en mi culo apretado, algo que nadie había hecho antes.

"No-uh-huh," gruñí, tratando de detenerla, pero ya era demasiado tarde.

Empujó el dedo de sondeo hasta el fondo y luego comenzó a empujarlo dentro y fuera de mi culo.

Cuanto más lo hacía, más me daba cuenta de que no era tan malo como pensaba.

Me sentía lleno pero cada vez que lo sacaba, sentía peligrosamente como que debería ir al baño.

Pero una vez que lo superé, me sentí bastante bien.

Demonios, a quién engañaba, se sentía realmente bien.

"Al esclavo le gusta, ¿verdad?" Preguntó mi esposa.

Era difícil de admitir, pero asentí con la cabeza.

"Si . . ."

Ella retiró los dedos.

Recé para que volviera a hacerlo y me masturbara al mismo tiempo.

Pero en cambio, la escuché exprimir un poco más de lubricante y lubricar la entrada a mi trasero nuevamente.

"¿El esclavo quiere dos dedos en su trasero?" ella preguntó.

Nunca antes había escuchado a mi esposa hablar sucio.

Excepto por las pocas veces que estuvo cerca del orgasmo y me dijo que le follara el coño.

Incluso entonces, dudaba, como si tuviera miedo de decir una palabra tan traviesa.

Esta nueva actitud suya era totalmente inesperada.

Después de años de ser el dominante, fue un gran cambio ser repentinamente la persona cuyos límites se estaban empujando.

Era erótico, sí, pero también daba un poco de temor.

"Sí", respondí.

"El esclavo debe decir 'Sí, hágalo, Ama.'"

¿Por qué seguía llamándome El esclavo?

Debe ser una especie de juego de roles.

Era un poco tétrico e incómodo, pero no tanto como para calmar mi necesidad de liberarme.

"Sí, el esclavo lo quiere, Ama", le dije.

Ella empujó sus dedos dentro de mí.

Antes me sentía lleno y era un poco extraño, pero esta vez, fue como si me estuvieran estirando. . . ensanchado.

Y cuando comenzó a follarme, pude escuchar los húmedos sonidos de sus dedos lubricados entrando en mí.

Me hizo sentir un poco sucio.

Sabía que de alguna manera estaba renunciado a algo más que mi virginidad anal, porque la sensación de control que tenía era totalmente de ella.

Hice mi mejor esfuerzo para evitar que mi cuerpo reaccionara.

Intenté detener los gruñidos y gemidos que querían salir de mi boca, intenté detener el empuje de mis caderas y el ensanchamiento de mis piernas, pero todo fue inútil.

"Qué puta. Al esclavo le encanta, ¿no? Al esclavo le encanta que le follen por el culo. Le encanta que le 'usen'".

"Sí", admití, incapaz de evitar luchar contra la situación, aceptando el papel que me dio y abrirme a sus dedos.

En poco tiempo, estaba empujando contra ella.

"Al esclavo le encanta. El esclavo quiere correrse", le rogué.

Mi esposa mantuvo los dedos quietos y seguí moviéndome contra ella lo mejor que pude a pesar de mis ataduras.

Sabía lo que estaba haciendo.

Estaba admitiendo que lo quería.

Que ella no me estaba obligando.

Y no me importó.

"Al esclavo le encanta. A mi zorra le encanta en su sucio culo, ¿no?"

"Sí, el esclavo lo quiere".

Ella tocó mi polla.

"El esclavo la tiene muy dura. Es una puta por querer esto. Apuesto a que quiere correrse ya ".

"Mmmm" gemí. "El esclavo quiere correrse realmente ya".

"Pero ¿qué haría el esclavo algo para correrse, hmmmm?" ella preguntó.

"¡CUALQUIER COSA!" Yo gemí.

"¿Cualquier cosa?" ella preguntó. "¿Está seguro el esclavo?"

"Sí", estaba casi sin aliento. "El esclavo está muy seguro".

"¿Dejaría que el amante de su Ama la follara? ¿Nos dejaría hacerlo aquí mismo con El esclavo en la habitación?"

CAPÍTULO 2

WOW, eso fue bastante confuso.

Yo era el amante de mi esposa, ¿no?

Y la casa estaba vacía, ¿no?

Un juego. . . eso tenía que ser.

"Sí, señora", le respondí.

Ella se levantó de la cama, saliendo de la habitación y dejándome a mí todavía con ganas.

Escuché el sonido apagado de hablar con alguien.

No podría haber nadie más.

Estaba seguro de que la casa estaba vacía.

Pero si estaba vacía, ¿con quién estaba hablando?

Desearía no tener los ojos vendados.

La sala de repente se volvió muy fría y el juego ya no se parecía tanto a un juego.

Mi impotencia y la situación en la que me encontraba finalmente me llegaron al alma.

La puerta se abrió e hice mi mejor esfuerzo para cerrar mis piernas en un intento de proteger cualquier modestia que me quedara.

"Aquí está", dijo mi esposa. "Como te dije. La zorra a la que le gusta que le follen el culo".

Me di cuenta de lo que había olvidado antes: una palabra segura.

Yo no tenía ninguna.

Mi esposa había mencionado follar con su amante, pero por las cosas que estaba diciendo, podría ser yo al que follaran.

Me quebré.

Incluso si era un juego, se había vuelto demasiado intenso.

Tiré de mis ataduras.

"Cariño", le imploré.

Me costaba respirar.

Comencé a derramar lágrimas que fueron absorbidas por la corbata que cubría mis ojos.

"Shhhh", dijo, acariciándome, tranquilizándome. "¿La zorra está asustada?"

"Sí", admití.

Ahora podía respirar un poco más fácil, pero todavía estaba temblando.

Afortunadamente, mi esposa me quitó la venda de los ojos.

Miré alrededor del cuarto.

No había nadie más allí.

"¿Mejor?" ella preguntó.

"Sí", suspiré de alivio.

"Bien", dijo ella, mientras se subía a la cama y se sentaba a horcajadas sobre mi cara.

Pero su sexo estaba fuera de mi alcance.

Ella extendió los labios húmedos de su sexo y deslizó un dedo dentro, follándose a sí misma, jugando conmigo, burlándose de mí, preguntándome qué tanto lo quería.

Luego mantuvo su sexo abierto bajándolo a mi boca esperando.

Sin embargo, cuando intenté besarla y darle placer, ella se apartó, riendo.

"Mira", le dijo a nadie en particular. "Te dije que era una puta. Mi propio pequeño esclavo débil".

Empujó un dedo mojado en mi boca.

Estaba empapado con su sabor.

Lo chupé, dejándolo limpio mientras lo empujaba dentro y fuera de mis labios.

"Sí, él es mi 'esclavo debilucho', ¿verdad?" ella me preguntó, como si hablara con un bebé.

"Lo soy, quiero decir que soy tu esclavo, Ama", respondí.

"El esclavo está calentando a su Ama y está haciendo que su Ama quiera la gran polla gorda de su amante".

Mi esposa se acercó.

Esperaba sentir su mano envolver mi polla y masturbarme mientras la complacía, pero en cambio cuando su mano regresó, contenía algo que nunca supe que tenía: ¡un consolador!

Y no cualquier consolador tampoco.

Era grande.

Mucho más grande que mi polla y era negro.

Lo besó, luego lo frotó entre sus senos y finalmente lo deslizó hacia adelante y hacia atrás entre los labios de su sexo.

"Dios, no puedo esperar para sentir tu gran polla gorda en mi coño", dijo, y luego me puso el consolador en los labios. "Chupa la puta polla de mi amante. Ponlo duro para tu Ama".

Miré a los ojos de mi esposa, casi esperando ver una sonrisa.

Una sonrisa que me habría matado, pero que no estaba allí.

En cambio, sus ojos estaban entrecerrados de placer.

Abrí los labios y lo chupé, saboreando el látex y el almizcle de su sexo.

Lo bombeó dentro y fuera de mi boca durante unos minutos y sobre mis labios mientras lo besaba.

"Mi amante también es la puta polla del esclavo, ¿verdad?"

No pude responder, pero el consolador en mi boca decía mucho.

"Él está listo ahora, no seas pequeña zorra codiciosa". dijo ella, sacándolo de mi boca. "Voy a soltarlo ahora. ¿Va a ser un buen esclavo para su Ama?"

"Sí, Ama," respondí, mientras ella desataba mis ataduras.

"Solo recuerda que ESO", dijo, señalando mi polla, "Me pertenece".

Cuando estuve libre, ella me movió a la mitad de la cama, todavía sobre mi espalda.

Una vez allí, ella montó mi cara y luego metió la mano detrás de ella y empujó el consolador a su sexo.

"Oh Dios", jadeó, mientras lo empujaba dentro. "Qué polla. Umm-mmm-tan malditamente grande".

Me sentí momentáneamente celoso.

Sí, celoso por un objeto inanimado.

Desde mi posición, pude ver que la estaba estirando y llenando de una manera que yo nunca podría.

Intenté no dejar que me molestara mientras atacaba su clítoris con mi lengua con renovado entusiasmo.

"Mira", dijo, hablando con su amante imaginario. "Mira, te dije que la pequeña zorra quería ver mientras me follabas. Oh, amor, tu polla es tan grande y se siente tan bien. Vas a hacer que me corra, me harás correr por toda su cara".

Ella gritó de placer y su cuerpo se tensó.

Ella presionó su sexo contra mi boca con una fuerza aplastante, mientras se estrellaba contra mí.

"Joder, joder, joder, joder".

Ella sacó el consolador de su sexo, y cubrió mi boca con la apertura de su sexo.

"Prueba mi leche, bébela", ordenó.

Mientras bebía bien de ella, ella bombeó mi polla.

Cuando sacudí mis caderas en respuesta, sentí el consolador presionando contra mi trasero.

"Abre las piernas, puta. Entrégate a mi amante", exigió mi esposa.

No estaba preparado para esto y estaba yendo demasiado lejos.

"Hazlo puta", dijo.

Su voz no admitía desobediencia.

Abro las piernas.

No solo me llamaba puta, también me sentía como una.

Empujó el consolador contra mi culo, tratando de forzarlo.

No funcionaría.

Traté de relajarme.

Traté de soportarlo, pero era demasiado grande y dolía demasiado.

Yo gritaba cada vez que ella empujaba.

"Es demasiado grande para el esclavo, ¿no?" ella preguntó con simpatía. "Es una polla demasiado grande para su pequeño trasero sucio".

Asentí, aliviado.

Mi culo todavía ardía.

"¡Dilo!" exigió.

Cuando quería que mi esposa tomara el control, no había pensado en esto.

Se suponía que debía atarme y luego hacer lo que yo quería que hiciera.

En cambio, ella me estaba haciendo hacer lo que 'ella' quería hacer y decir lo que 'ella' quería que yo dijera.

"Él es, él es demasiado grande", Dios, era difícil de decir.

Casi me había jodido más admitirlo que otra cosa, pero sabía que no había forma de que pudiera soportarlo.

"Es demasiado grande para mi trasero sucio".

Afortunadamente, dejó el consolador y presionó sus dedos contra mi agujero arrugado.

Se deslizaron fácilmente.

Gemí en respuesta.

"Pero a mi esclavo le gustan los dedos de su Ama, ¿no? Necesita abrir más las piernas y apartarlas del camino de su Ama".

"Sí, al esclavo le gusta mucho más así".

Hice lo que ella dijo, colocando mis manos detrás de mis rodillas y tirando de mis piernas hacia mi pecho.

"Más", dijo ella. "Déjamelo a mí."

Me levanté un poco más.

Mi trasero dejó la cama.

Podía ver fácilmente cómo ella bombeaba mi polla con una mano y me acariciaba el culo con la otra.

"Oh sí, eso es. Déjamelo a mí". Ella me miró como si me perteneciera. "Es todo mío, ¿no?"

"Umm sí," gruñí.

"¿El esclavo se siente como una puta?" ella preguntó. "¿Él se siente como 'mi' puta?"

Me sentía como una puta.

Ningún hombre que se precie estaría en la posición en la que estaba.

Peor, me encantaba.

"Sí", gruñí en respuesta.

¿Era mi imaginación o era mi voz más aguda?

"Sí, mi esclavo parece una puta e incluso suena como una puta. ¿Cómo podría no sentirse como una puta?" dijo ella, y gemí en respuesta. "Lo quieres, no, puta. Y él me va a dar toda su leche, ¿no? Oh, sí, él quiere correrse tanto, pero ¿qué haría mi esclavo para correrse?" Dijo, soltando mi polla y haciendo rodar mis bolas hinchadas en su mano, mientras continuaba sondeando mi ano.

"Cualquier cosa", respondí y lo dije en serio.

Mis bolas parecían estallar.

"¿Bebería mi esclavo el semen del amante de su Ama? ¿Limpiaría su polla sucia?"

"¡Sí! Por favor, cualquier cosa, por favor, solo déjame correrme"

"Entonces gime por eso, puta".

"¡Uf, oh sí!" Supliqué en respuesta.

Ella sostuvo mi polla por la base y jugó contra la parte inferior, burlándose de mí.

"Las zorras no se quejan así. Y ella dijo que era mi zorra, ¿verdad?"

"Sí. Sí... Yo... Ella es ... tu puta", respondí y fui recompensado con un pequeño beso en la cabeza de mi polla.

Me armé de valor por dentro.

¿Realmente podría hacer esto?

¿Qué pensaría mi esposa de mí cuando lo hiciera?

¿Cómo sería nuestra relación más tarde?

No pude evitarlo.

"Mmmmmm" gemí suavemente.

No fue un gemido muy masculino.

Estaba muy lejos de eso.

Era el gemido de una mujer.

Del tipo que había escuchado, no de mi esposa, sino de ver videos sexuales.

Ella me recompensó chupando la cabeza de mi polla en su boca y luego sacándola de nuevo.

"Eso está mejor, pero Ella puede hacerlo mejor que eso, ¿no?"

Podía sentir el semen hirviendo dentro de mí.

"Mmmmm- uuhhhhh" gruñí más fuerte.

Ella sacó su boca de mi polla con un golpe.

"Sí, eso es. Ese es el tipo de sonido que hace una zorra. Ese es el tipo de sonido que tu Ama quiere escuchar, pero tu Ama quiere más antes de dejar que su esclava se corra. Quiere todo el paquete".

¿Todo el paquete?

¿Qué quería ella?

Era muy difícil de pensar.

Mi cuerpo estaba en llamas.

Estaba desesperado por correrme.

Pensé en algunas de las cintas porno que solía ver.

¿Qué chica fue la mejor?

¿Cuál pensé que era la zorra más grande?

¿Qué hizo ella?

Recordé la cinta y recordé a la chica, una rubia flaca.

Parecía que la estaban matando mientras la follaban, pero dio lo mejor que pudo.

Ella extendió las piernas y las jalaba hacia atrás con cada empuje.

Se mordió el labio, jugó con sus pezones, se chupó el dedo.

Ella hablaba sucio.

Ella era una chillona.

Pero, querido Señor, ¿podría yo hacer eso?

¿Estaba siquiera seguro de que era lo que mi Ama, quiero decir, mi esposa quería?

Recé para que así fuera.

"Mmmmmm, fóllame. Dámelo duro".

Aparté mis piernas, entregándome a ella, y me mordí el labio inferior.

Esperaba que fuera lo que ella quería.

Si no fuera así, me hice el tonto aún más grande de mí mismo.

Sentí que agregaba otro dedo a los dos con los que ya me estaba metiendo por el culo y me chupó la polla con la boca.

Eso 'era' lo que ella quería.

Y descubrí que se lo podía dar.

Fue fácil una vez que empecé.

Me pellizqué los pezones.

Me mordí el labio.

Me empujé sobre sus dedos.

Hablé sucio.

Oh, Dios, odio admitirlo, pero incluso chillé.

Ella bombeó su boca arriba y abajo de mi polla en golpes cortos que se mantuvieron al ritmo de los dedos bombeando mi trasero.

Arriba y abajo, dentro y fuera, conmigo llorando en cada empuje.

"Ugh-Ugh-Ugh. Oh, Dios, mmmmmmmmmm, ¡me voy a correr!" Chillé.

Mis bolas se contrajeron, bombeando esperma caliente, y mis gritos fueron sofocados por su sexo, mientras se agachaba sobre mí una vez más.

Se sentía como si mi alma estuviera escapando en poderosas explosiones por mi polla mientras todo estaba siendo absorbido por la agradable cavidad de su boca.

CAPÍTULO 3

Cuando terminé, estaba debilitado, aturdido y me quedé tumbado sobre la cama como una sábana arrugada.

Ella subió por mi cuerpo y se sentó a horcajadas sobre mí, arrodillándose y atrapando mis brazos debajo de sus rodillas.

Ella sonrió, sus ojos brillaban con poder y lujuria.

Mi semen brillaba entre sus labios contra el rojo pintado de su lápiz labial.

Levantó el consolador y lo colocó debajo de su boca.

Su sonrisa se volvió perversa cuando sus labios se fruncieron y mi semen se filtró de su boca en un largo mechón, aterrizando en la polla negra y corriendo por su longitud.

"Chúpalo esclavo. Deja que mi amante se corra en tu boca".

No quise hacerlo.

Probablemente hubiera estado ansioso hace unos momentos, incluso cuando dije que lo haría.

Pero ahora ya no estaba encendido.

Estaba satisfecho y el juego debería haber terminado.

No quería jugar más.

"El esclavo lo prometió, ¿no?"

Mi semen ya se estaba alejando de la cabeza de la polla, formando un largo mechón hacia mis labios.

Me iba a golpear de todos modos, ¿no?

Entonces, ¿cómo me vería con mi semen en mi cara?

Abrí la boca.

La cadena de semen entró.

"Sí ..." siseó mi esposa, con los ojos en llamas. "Sí, eso es. Deja que mi amante se corra en tu boca ... pero no te lo tragues, todavía no".

Mi esposa empujó la polla entre mis labios.

Podía saborear el sabor amargo de mi semen contra el sabor del látex de la polla.

No era la primera vez que lo había probado.

Pero tener un bocado de semen pegado entre mis dientes y cubrir el consolador de goma estaba muy lejos de probar accidentalmente mis restos de los labios de mi esposa después de recibir una mamada.

La mano de mi esposa fue a su entrepierna, los dedos giraron sobre su clítoris.

"Dios, eres tan caliente, ¡mi pequeño esclavo debilucho!" ella gimió. "Tan sucia. Pequeña zorra".

Ella bombeó el consolador dentro y fuera de mi boca.

"Vas a hacer que me corra de nuevo", jadeó, sacando el consolador de mi boca y arrojándolo a un lado. "Abre la boca. Ábrelo tragador de semen y déjame verlo, déjame ver el semen de mi amante".

Abrí la boca y puse el semen en mi lengua.

Mi esposa se puso rígida, su pelvis se bombeó cuando tuvo un orgasmo.

Ella me agarró con sus brazos y piernas, abrazándome con fuerza.

Ella me besó hambrientamente y pasamos mi semen de un lado a otro, intercambiándolo.

Ella se derrumbó encima de mí y no se movió.

Yo tampoco podía.

Nuestros dos cuerpos se enredaron como una especie de rompecabezas sudoroso.

Estaba exhausto y me dolía.

Pero era un buen dolor.

Me preguntaba qué había sucedido y cómo esto afectaría nuestra relación.

Había sido asombroso.

Nunca antes me había corrido así en mi vida.

Me preguntaba si hubiera sido un verdadero amante.

¿Lo hubiera disfrutado aún?

Me preguntaba si ella querría volver a hacerlo.

Me preguntaba sobre muchas cosas.

Mi esposa sacó su cabeza de mi pecho.

"Wow", dijo ella.

Fue la subestimación del año, pero me sentí mucho más seguro de mí mismo en ese momento.

"Wow tienes razón". Respondí.

Ella sonrió, no una sonrisa malvada como antes, pero un poco juguetona y si no era mi imaginación, tal vez un poco tímida también.

"¿Crees que tal vez la próxima vez que podamos ver si mi amante tiene un amigo que pueda traer, tal vez alguien que sea un poco más pequeño para ti?"

Era sorprendente cómo tranquilamente podía decir esas cosas que podían significar cualquier cantidad de cosas.

Pero sea lo que sea que ella quiso decir, sabía la respuesta que quería dar:

"Eso estaría bien", le respondí.

"Mmmmm ..." ella me besó de nuevo. "Eres muy sucio."

REQUISITOS PARA SER UNA BUENA SECRETARIA (DOMINACIÓN INTERRACIAL)

POR

ERIKA SANDERS

CAPÍTULO 1

Fue emocionante mirar a la joven morena aspirante a secretaria sentada frente a mi escritorio, especialmente sabiendo lo que sabía de ella.

La ropa que llevaba era de poliéster barato de una de esas tiendas de descuento.

Era lo mismo que usó en su primera entrevista, excepto que tenía una camisa diferente.

Tenía un buen conjunto de tetas y se veía muy dulce, muy inocente.

Se sentaba con las piernas cruzadas de manera recatada, los nudillos oscuros, pero algo blanquecinos, eran visibles por sus manos juntas y su pie se balanceaba nerviosamente.

Cada vez que ella separaba sus manos, era para colocar un piercing suelto que nunca parecía permanecer en su lugar detrás de la oreja.

Miraba alrededor de mi oficina como para asimilarlo todo, pero rara vez se detenía para mirarme a los ojos.

Estaba claramente nerviosa.

Y ella tenía todo el derecho de estarlo.

CAPÍTULO 2

"Gloria, creo que estoy preparado para ofrecerte una oferta de empleo, pero hay una irregularidad en tu solicitud que debemos discutir primero", dije.

Sus ojos verdes se agrandaron como platos y se movieron de un lado a otro más nerviosa aún.

Ella tragó saliva.

"Ah, ¿y qué es eso?"

"Bueno, ya ves", le dije. "Me ha llamado la atención que hay algunas, las llamaremos irregularidades, que no mencionaste en tu solicitud de empleo. Por ejemplo, la pregunta en la segunda página sobre si alguna vez has sido condenada por un delito contestaste dijo que no. Sin embargo, cuando hice una verificación de antecedentes, resultó que te condenaron por robar en una tienda. ¿Qué hiciste? ¿Crees que no lo verificaría? "

Intentó sin éxito contener las lágrimas.

"Por favor", dijo ella. "Intenté ser honesta antes. Pero ni siquiera recibo una entrevista cuando lo ven. Estaba pasando un momento difícil en mi vida y he recibido asesoramiento para el ...".

"Robo", la incité.

Sus mejillas se pusieron carmesí.

"Sí. Y nunca volverá a suceder".

Ella sacudió la cabeza como diciendo, de ninguna manera, no cómo, no yo.

Ahora estaba casi lloriqueando, un gesto emotivo, que era agradable.

Encuentro que las mujeres son mucho más fáciles de tratar después de haber llorado bien.

Siendo lo caballeroso que soy, abrí mi cajón y le di una caja de pañuelos.

"Gracias", dijo, limpiándose la nariz y las mejillas.

"Esto es bueno", dije. "Tú y yo hablando así ... sacando toda la mierda. Porque eso es lo que va a pasar de aquí en adelante: Honestidad completa. ¿Crees que puedes hacer eso? ¿Ser completamente honesta?"

"Si." Las lágrimas ya se estaban secando.

Seguía siendo bonita incluso con el maquillaje corrido.

"¿Cuánto tiempo has estado buscando trabajo?"

"Dos años."

"¿Cómo llegas a fin de mes? ¿Novio o padres?"

"Padres".

"¿Es esa la única ropa profesional adecuada que tienes?"

"Si . . ." Miró hacia abajo y frotó su mano sobre la tela brillante como para hacerla desaparecer. "Lo siento."

"No hay nada de que arrepentirse", le dije. "Mira, voy a ser honesto contigo. La situación está en tu contra. Alguien más puede entrar aquí y con mucho menos de lo que tienes en el cuestionario, obtener mucho más de lo que nunca conseguirías, si sabes a lo que me refiero. Yo, por ejemplo. No soy muy alto y estaba casi calvo en la secundaria. ¿Crees que no tuve que arañar, hacer codos y poner zancadillas en esta situación? Déjame decirte. Tuve que trabajar cinco veces más duro que lo debería si yo hubiera sido más alto y de aspecto más ejecutivo. Era tentador rendirse tantas veces, pero tenía un objetivo en mente ".

Sus ojos asombrados.

El lloriqueo y tal vez mi discurso probablemente la hizo sentir bastante positiva en este momento.

Y ella necesitaría toda la positividad que pudiera manejar.

"Así que Gloria, déjame hacerte una pregunta. ¿Estás dispuesta a tener un objetivo en mente?"

"Sí señor."

Ella sacó su pecho orgullosamente, dejándome dar un agradable vistazo a sus deliciosos senos marfileños.

"Sí, lo estoy", terminó.

"Bien. Tú tienes algunas cosas geniales para ti que yo nunca tuve. Por un lado, tienes unos grandes ojos verdes y un par de labios sensuales. Labios que ... bueno, honestamente, labios a los que los hombres se refieren como labios que están hechos para chupar ".

Los grandes ojos verdes mostraron asombro de nuevo, pero seguían siendo bonitos.

Los labios, los labios todavía me endurecieron más, como una roca.

Cogió su cartera de cuero de mi escritorio y se puso de pie.

"Deja eso, Gloria, y quédate en tu asiento. Estamos hablando honestamente aquí ¿no? Dos adultos. Tú y yo. Ahora contéstame una pregunta. ¿Alguna vez has hecho una mamada antes?"

"Sí, pero eso fue-fue-fue con mi novio".

"Y probablemente se veía mucho mejor que yo. Bueno, les he dado trabajo a chicas antes. Chicas que estaban mejor calificadas. Chicas que no tenían antecedentes. Chicas que no han robado nada. ¿Ves dónde voy por aquí?

Se sentó de nuevo, agarrando la cartera desesperadamente.

"Sí señor."

"Bien. Así que no seamos más inocentes aquí, ni como tú conmigo. No somos tan diferentes tú y yo. ¿Ahora sí me entiendes?"

"No", logró pronunciar.

"¿Puedes decirme qué tiene de malo? Estoy limpio. No tengo ninguna enfermedad. No espero sexo. Solo un poco de miel para los ojos que me excitará y una mamada rápida ... y ya está."

Bien, no estaba siendo completamente honesto aquí.

Esperaría mamadas, muchas, y que se hagan bien, incluso profesionalmente.

Y dulces para los ojos.

Eso sí, ella es un buen dulce para los ojos.

Ella estaba mirando a un lado.

Estaba pensando en qué era bueno.

"¿Sin sexo?" ella preguntó.

"Así es. Sin sexo. Solo un rápido blowjob, al igual que pasó con el presidente de Estados Unidos. De todos modos, el sexo está sobrevalorado. Prefiero las mamadas. Con el sexo tienes que preocuparte por los juegos previos y la carrera completa. Con el sexo, debes preocuparte por besar, amar y abrazar después. Con mamadas las cosas son mucho más simples. Las mamadas son solo para el placer. Las mamadas te permiten retener tu poder. Puedes recibir una mamada casi en cualquier lugar y lo más importante, nunca he tenido un mal blowjob.

Seguía pensando, pero no había dicho que no.

Ella solo necesitaba que lo vendiera bien.

Y yo soy bueno vendiendo cosas.

"Mira, solo piensa en ello como un trampolín. Esto te sacará de la casa de tus padres y para ir por tu cuenta. También tendrás un trabajo y sabes lo que dicen. Es más fácil conseguir otro trabajo cuando tienes un trabajo."

Parpadeó la última lágrima y miró mi entrepierna.

"¿Realmente me vas a dar el trabajo?"

Yo quería sonreír.

Quería reírme.

Ella estaba comprando todo el lote completo.

Hice todo lo posible para contener mis emociones.

"Te lo dije, ¿no?"

"Está bien ... está bien, lo haré".

"Bien. ¿Por qué no cierras la puerta y lo haces?"

"¿Ahora?" ella preguntó con incredulidad.

"Así es. No somos amigos. No somos amantes. Esto es solo una relación comercial. ¿Qué crees que voy a hacer, confiar en la palabra de una ladrona condenada?"

"Pero hay gente allá afuera".

"Y la puerta estará cerrada", le dije. "Mira, toma tus cosas y vete o levántate y cierra la puerta".

Se levantó, cerró la puerta con llave y se quedó allí atónita.

Jesús, esto no iba a ser tan difícil de lo que pensaba.

CAPÍTULO 3

"Ahora ven aquí. Esa es mi chica. No, no te sientes de nuevo. Dame un pequeño espectáculo primero ... un poco de dulce para los ojos para ponerme de humor".

Ya estaba duro como una roca, pero quería que ella trabajara para ello.

"No entiendo."

Ella entendía muy bien.

Solo necesitaba que se lo dijeran, quería que fuera idea mía.

"Ya sabes, un pequeño striptease. Nada elaborado. Un pequeño show, nada complicado, un destello de bragas, y muéstrame tus tetas. Ponme de humor, chica. De lo contrario, estarás allí todo el día".

Ella hizo un intento patético de mostrar un poco de muslo y ombligo.

Mi erección se estaba desvaneciendo.

"Mira, es mejor que empieces a tomar esto en serio. Podría comenzar con veinte mil o treinta mil", le dije. "Piénsalo."

Eso hizo la diferencia.

Ella no era buena, pero con el tiempo aprendería.

Sabía lo suficiente como para mover sus caderas y frotar sus manos sobre su cuerpo.

Ella me dio un vistazo de sus bragas blancas de algodón.

Hice una mueca.

Ella se sonrojó.

"Esas bragas tendrán que irse. No ahora, pero se te pedirá que uses algo mucho más sexy de ahora en adelante".

Lentamente se desabrochó la blusa.

"¿De dónde sacas tu ropa interior, de saldos? No, no respondas eso. Vamos, quítatela. También podrías comprar algo que puedas desenganchar desde el frente, porque voy a querer ver tus tetas cada vez que me calientes ".

Se quitó la blusa y la dejó con cuidado sobre la mesa.

Luego, se quitó los tirantes del sujetador de los hombros e intentó tímidamente darse la vuelta.

"No te vuelvas" dije. "Quiero verte bien".

Ella giró el sujetador y desenganchó el broche.

Sus senos eran grandes con areolas gordas y desiguales y largos pezones puntiagudos.

Mmmm, mis favoritos.

Si ella fuera mi novia, se los habría besado.

Pero las cosas están como estaban, ¿así qué por qué molestarse en pensarlo?

Me recliné en mi silla y abrí las piernas.

"Sácame la polla".

Sacó mi polla de mis pantalones y la sostuvo en su mano, bombeándola lentamente.

"¿Sabes la diferencia entre una mamada y una paja, verdad Gloria?"

Bajó la mirada hacia la polla que tenía en la mano y asintió.

"Bésalo de arriba abajo. Esa es una chica. Mírame mientras lo haces para que pueda ver esos bonitos ojos verdes".

Ella levantó la vista expectante entre mis piernas.

Ella era perfecta.

Sabía que no iba a poder contenerme mucho con ella haciéndomelo.

"Ahora chúpalo. Cúbrete los dientes con tus labios regordetes, sí, esos labios chupadores. Mmmmm ... oh sí. Fuiste hecha para chupar pollas, ¿sabes eso? Ahora lo que quiero que hagas es de vez en cuando mientras haces, lo sacas de tu boca y abres tus labios y me besas la cabeza ".

Ella hizo lo que le pedí, pero no fue el efecto que estaba buscando.

"No así no." Levanté mi polla y la guié debajo de ella por el cuello, luego incliné su cara hacia arriba. "Frunce esos labios gordos y abre la boca un poco".

Ella hizo.

La cabeza de mi polla ahora estaba enmarcada por sus arrugados labios pintados con pintalabios.

Fue perfecto.

"Eso es hermoso, ahora quiero verlo sobresalir de tu mandíbula. Mierda, no, no así. Aquí déjame ayudarte".

Gire su cabeza para que su mandíbula sobresaliera de mi polla.

Sus gruesos labios estaban envueltos alrededor de mi miembro.

Dios, ella era tan jodidamente caliente.

"Mírame, Gloria".

Ella me miró con esos grandes ojos verdes, mientras lamía la parte inferior de mi miembro con su lengua de terciopelo.

"Joder, eres sexy. Apuesto a que tu novio quiere que se lo hagas así todo el tiempo", le dije, haciendo que sus mejillas se pusieran rojas. "Vamos nena, estoy listo para correrme ahora. Chúpame. Chúpame fuerte y rápido y ahueca mis bolas".

Ella descendió sobre mí, jodiéndome con su boca caliente.

Era obvio que ella lo había hecho esto antes, y muchas veces, y había caído en un ritmo.

Sin embargo, quería que fuera su tarea habitual.

Iba a convertirla en la Reina de las mamadas antes de que consiguiera otro trabajo.

"Más rápido, Gloria, más rápido", insté, manteniendo su cabello fuera de mi visión para poder verla en acción. "Chupa, chupa, chupa, no te escucho chupando".

Su boca sorbió y goteó, mientras aceleraba y bajaba mi polla.

Sentí el semen alzándose.

Casi le dije 'espera, quita que voy a correrme'. ¿Puedes creerlo? Estaba tan acostumbrado a quitarme antes ... Bueno correspondiendo que casi olvido que ya no tenía que hacerlo.

"Ugh, ugh, dulce hija de puta. Estoy listo. Estoy tan jodidamente listo. No te atrevas a dejar de chupar", le advertí, me recosté en mi asiento y agarré los reposabrazos con fuerza.

Joder, esto iba a ser grande.

Sentí mi polla hincharse y crecer aún más fuerte.

Mi semen surgió.

Maldita sea, mierda, ella me hizo correr como si fuera un adolescente.

Mis bolas se vaciaron, bombeando mi jugo caliente a su boca.

Ella emitió un sonido de incomodidad, pero siguió chupando diligentemente.

Saqué mi polla de su boca suavemente.

Sus labios estaban cerrados y algo de mi semen se filtraba entre sus labios fruncidos.

"Abre la boca para que pueda verlo". Dije.

Su rostro se sonrojó con un carmesí brillante y sus ojos se pusieron acuosos.

Claramente no quería hacerlo, pero al final cerró los ojos y abrió la boca.

"Déjame ver tu lengua. Wow, seguro que te di una buena carga, ¿no? No me he corrido así en mucho tiempo", le dije. "Continúa, ya sabes a dónde va a ir ahora. Por la escotilla".

Hizo una mueca, puso la carita sonriente más linda que he visto en mi vida y se lo tragó.

CAPÍTULO 4

"Eras una dulzura maravillosa. Ahora límpiame la polla y luego vuelve a ponerla en mis pantalones. Después de eso, puedes limpiarte".

Ella obedeció en silencio, evitando mis ojos todo el tiempo, como si fuera un extraño, lo cual estaba bien para mí.

"¿Puedes empezar mañana?" Yo pregunté.

"Sí señor", casi chilló ella.

"Bien", dije, sacando mi billetera. "Voy a darte mi tarjeta de crédito y quiero que vayas a comprarte ropa atractiva. Por atractiva, quiero decir apretada, corta y delgada y no, repito, no las compres en las tiendas de descuento. Nuevas bragas y sujetadores con las mismas especificaciones. No me importa lo que usan las otras mujeres por aquí, usarás medias y tacones para trabajar, todos los días. Si voy a tener que mirarte durante ocho horas al día entonces espero ver algo interesante a la vista. ¿De acuerdo? "

Ella asintió con la cabeza, tomando mi tarjeta de crédito.

"Sonríe cariño, espero sonrisas y una actitud amigable si vas a trabajar aquí", le dije. "Y un agradecimiento por el puesto sería bueno".

Su rostro se iluminó con una sonrisa momentáneamente.

"Gracias", dijo ella.

"Guarda los recibos. Ya me los pagarás a su tiempo".

Dios, era bueno ser yo.

Me desvivo con una chica hermosa...

CAPÍTULO 5

Dos años después...

Gloria entró en la oficina y cerró la puerta con llave.

Ella estaba casi irreconocible a cómo llegó aquí el primer día.

Su cabello era una masa de mechones oscuros platino.

Su ropa interior había sido seleccionada del catálogo de Victoria's Secret donde insistí en que comprara también toda su ropa de oficina.

Hoy llevaba una falda a rayas que le abrazaba las caderas y se partía hasta el muslo.

Debajo de su abrigo deportivo ajustado, su blusa blanca estaba desabrochada justo hasta mitad de su pecho, mostrando un sostén de encaje y sus firmes y redondos pechos.

Ella no era solo mi secretaria, se había transformado en la fantasía de la secretaria perfecta para cualquier hombre.

Llevaba una bolsa sobre su hombro que puso sobre mi escritorio.

"Te ves particularmente sexy hoy, Gloria. ¿Intentas obtener puntos extra para tu evaluación anual?" Yo le pregunté. "Bueno, puedo ser influido en el último minuto si sabes a qué me refiero. Así que dame un espectáculo especial hoy. Y será mejor que pongas todo tu esfuerzo en ello".

A veces puedo ser un verdadero bastardo, ¿no?

La verdad era que ya había escrito su evaluación y era muy buena.

La mejor que me atreví a darle.

Gloria me dio una sonrisa especial cuando puso la mano sobre el escritorio, sus senos jóvenes y firmes colgaban bajos en su parte superior, y encendió la radio a un nivel muy bajo.

Luego caminó de regreso a la puerta, bueno, era más como pavoneándose: un pie lo movía hacia el interior del otro, balanceando las caderas, trabajando ese culo firme y fino justo como me gustaba.

Cuando llegó a la puerta, se apiló el largo cabello oscuro platino sobre la cabeza, se dio la vuelta y se metió la patilla de las gafas en la boca.

Las gafas fueron idea mía, por supuesto.

Hay algo sobre una chica sexy con gafas que me pone duro en un minuto, y ya estaba duro.

"Señor Anderson", dijo. "¿Ya ha visto mi nuevo sostén? Es realmente sexy. ¿Le gustaría verlo?"

"Claro", dije. "Me encantaría."

"No sé", dijo ella, sus dedos ya desabrochando los botones de su blusa. "Es como mi jefe y todo eso. No sé si estaría bien".

"Pero a ti te gusta presumir ante tu jefe, ¿no? La forma en que te vistes todos los días, presumiendo tu cuerpo. ¿Crees que no sé qué estás tratando de seducirme? ¿Crees que todos en la oficina no lo saben? "

No pude sonrojarla, como solía hacerlo antes.

Era el único hombre en una oficina llena de mujeres.

Y cuando Gloria se presentó para su primer día de trabajo con sus trajes ajustados y sus tacones altos, un silencio cayó sobre la oficina cuando todas las otras mujeres se detuvieron y la miraron, sabiendo instantáneamente cómo la nueva secretaria había conseguido su trabajo y cómo pretendía mantenerlo.

Oh, cómo se sonrojó Gloria al sentir el calor de sus miradas.

Estaba de rodillas en mi oficina en cuestión de minutos.

Gloria se sentó en el borde de mi escritorio con sus largas piernas cruzadas.

Su falda subió mostrando la parte superior de sus medias y su pulsera de tobillo.

Se abrió a un lado su blusa, mostrando su sostén.

Era casi transparente: Pude ver fácilmente el contorno de su pezón rosado a través de la tela.

"¿Cree que es bonito?" ella preguntó.

"Realmente no puedo ver mucho aún para opinar".

Se quitó la blusa y balanceó su cuerpo al ritmo de la música.

"¿Puede verlo bien ahora señor Anderson?"

"Se ve bien hasta ahora, Gloria", le dije. "Pero me preguntaba. ¿Llevas bragas para combinarlo?"

"¿Como lo adivinó?"

Pero saben, por muy divertido que fuera jugar al inocente juego de secretaria y jefe, no era lo que quería hoy.

CAPÍTULO 6

"Gloria, ¿qué hay si dejamos esta actuación inocente y saltas sobre el escritorio. Quiero que seas mala hoy. Quiero que me tires esa mierda a la cara", le dije. "Ah, y no te olvides de quitarte los tacones. Todavía tengo rasguños allí desde la última vez.

Finalmente se sonrojó un poco.

Le gustaba interpretar a la inocente o incluso a la seductora, pero nunca a la stripper.

Por suerte para mí, no le pagaba porque le gustara su trabajo.

Sonriendo, vi cómo se quitaba los tacones y luego la ayudé a subirse en el escritorio.

Mira, yo también puedo ser amable.

Llevaba medias y no quería que se resbalara intentando subirse al escritorio.

Puse la radio en algo un poco más agradable, algo de rock duro...

Qué apropiado.

Bailó, para mí, moviendo su cuerpo sobre mi escritorio.

Se apartó y se quitó los tirantes del sujetador.

Cuando se dio la vuelta, sostuvo el sujetador ahuecado contra sus senos, apartándolo seductoramente.

Sus senos bien formados colgando como fruta fresca, ansiosa por la cosecha.

"Vamos, Gloria", insté. "Trabaja para mí. Sabes cómo me gusta".

Ella debería saberlo ya después de dos años.

La llevé a bares después del trabajo, para que pudiera ver cómo lo hacían los profesionales.

Después de eso, le ayudé en su práctica, y le di mis propias sugerencias sobre cómo podría mejorarla.

Se puso en cuclillas y apretó las caderas, trabajando su coño justo en frente de mi cara, justo como me gustaba.

La pequeña banda de tela que eran sus bragas, se deslizó entre los pliegues de los labios de su coño.

Dios, ella era una diosa y yo era el jefe más afortunado del mundo.

"Joder, parece que tu coño está tratando de comerse tus bragas", le dije. "Vamos, déjame verlo. Todo".

Se puso de pie y enganchó los pulgares en la cintura de sus bragas.

Dándose la vuelta, se las bajó un poco e inclinándose delante de mí para mostrarme su pequeño ano.

Luego, de nuevo al frente, hasta que pude distinguir el leve rastro de coño desnudo.

"Maldita sea, soy duro como una roca". Dije. "Déjame quitármelas yo y así puedo ver ese bebé de coño que tienes".

Se sentó y puso sus pies cubiertos de medias en mi regazo.

Mientras trabajaba para quitarla de sus bragas, me masajeó la polla a través de los pantalones con los pies.

El coño de Gloria se veía tan atractivo.

Sus húmedos labios afeitados se separaron, mostrando su estado de excitación.

Sobre ellos había un pequeño triángulo de cabello de dos pulgadas de largo por una pulgada de ancho.

El tamaño mismo de su triángulo púbico era parte de sus reglas de trabajo no escritas, al igual que el anillo del ombligo que brillaba en su estómago.

"Extiende esas piernas, nena", insto. "Yo también quiero ver el interior".

Un pequeño jadeo escapó de sus labios, mientras extendía sus piernas y empujaba sus caderas hacia arriba.

Su coño, tan húmedo y acogedor.

¿Creería que aún no lo había jodido?

Por increíble que parezca, era cierto.

Recibía mi mamada diaria y algunas veces dos veces al día, pero nunca entré en su coño.

A juzgar por algunas de sus miradas decepcionadas y su estado obviamente excitado, podría haberme metido dentro de él en muchas ocasiones si lo hubiera querido.

Pero, seamos sinceros.

Tenía mamadas cuando quisiera y una relación totalmente no complicada.

Lo último que quería hacer era joderlo y arruinarlo.

"Date la vuelta", le dije. "Quiero follarte la boca".

Sus ojos rogaron: "Por favor, ¿podemos hacer otra cosa?"

Pero se dio la vuelta obedientemente, inclinó la cabeza hacia atrás sobre el borde del escritorio y su cabello cayó en cascada sobre mi regazo.

Sus grandes ojos verdes estaban grandes y suplicaban: "No hagas esto hoy".

Pero era su día de evaluación anual después de todo, y no tenía intención de hacerlo más fácil.

Por eso quería follarle la boca; algo que solía guardar como castigo.

Oh, lo sé, ella preferiría ponerse de rodillas y hacérmelo bien y me lo haría muy bien.

Era experta en el aleteo de la lengua, chupar las pelotas, el beso corto, el masaje de la lengua, la provocación de la uretra, el puño retorcido.

Como dije antes, era el jefe más afortunado del mundo.

Me puse de pie y me bajé los pantalones y los calzoncillos hasta las rodillas.

Ella abrió la boca e hizo todo lo posible para nivelar su garganta, mientras empujaba mi polla.

"Extiende tu coño para mí", le ordené. "Quiero ver ese coño mojado mientras te follo la boca".

Ella gruñó y la ráfaga de aire caliente me hizo cosquillas en las bolas mientras ella obedientemente separaba los labios de su coño.

Estaba en el cielo.

Empujé su boca de un solo golpe hasta que mi pubis le golpeó la barbilla.

Podía sentir su náusea involuntaria ante la intrusión.

Oh, cómo odiaba eso.

No tanto porque era incómodo, sino porque no podía hablar bien cuando terminaba y también causaba estrías rojas a cada lado de sus labios pintados.

Era vergonzoso para ella e hacía todo lo posible para evitar a otras personas cuando todo terminaba.

Y aunque lo hacía muy bien, siendo el bastardo que soy, normalmente llamaba a una de las otras muchachas que trabajaban con ella para pedirla un informe cuando terminaba.

Solo pensar en eso hizo que el semen hirviera en mis bolas.

Joder, pensé en el juego de baloncesto que vi la noche anterior, trabajando en todas las posesiones, pensando en otra cosa, para evitar correrme demasiado pronto.

Quería saborear el momento.

Cuando recuperé el control, aceleré el ritmo.

Su respiración se estaba volviendo más difícil.

Gloria todavía mantenía los labios de su coño abiertos, pero ahora un dedo bailaba sobre su clítoris en pequeños círculos.

"Lo sabes hacer mejor", le dije. "Juega con tus pezones durante un rato".

Estábamos aquí para mi placer, no para ella.

Sentí su gruñido enojado vibrar contra mi polla.

Sus largas uñas pintadas de rojo se movieron hacia arriba, se afinaron y tiraron de sus pezones.

¡Mierda!

Tuve que pensar en la actuación más jodida del árbitro del partido de ayer solo para recuperar el control de mi mente.

La cogí más rápido.

Su garganta estaba apretada alrededor de mi polla.

Su respiración se dificultó.

Joder, joder.

Traté de pensar en el juego de baloncesto de nuevo, pero ya no pude.

Mierda, me iba a correr sin remedio.

Pero luego, antes de que pudiera, ella agarró mi polla y se la sacó de la boca y se sentó.

"¡Qué carajo!" Casi grité, olvidando momentáneamente dónde estábamos.

Ella tosió y se limpió la saliva de sus labios, y señaló un dedo en mi cara.

"Ya no puedo hacer esto", dijo, con la voz ronca, ronca por mi devastación en su garganta.

"¿Qué?" Estaba asombrado "¿Tienes otra oferta de trabajo? ¿Te mudaste con algún imbécil?"

"No", dijo ella. "Mira, sé que me has estado dando malas referencias de mí ... y crees que no sé cómo siempre parezco tener horas extras cuando voy a salir con alguien. O cómo apareces en mi casa de repente para vigilar si estoy con alguien. ¿Qué tipo de cosas extrañas solo para asegurarme de que no encuentre una salida de nuestro trato? "

"Mira", mierda, estaba duro y necesitaba correrme. Lo último que queríamos el Señor Polla o yo era una discusión. "Sé que a veces puedo ser un imbécil, pero te he cuidado, ¿no? Me arriesgué cuando nadie más lo hubiera hecho. Eres una de las secretarias mejor pagadas de aquí sino la mejor pagada. Y el día de la Secretaria ¿Quién siempre tiene los mejores regalos?

"No me importa eso una mierda", dijo. Dios, ella realmente estaba enojada. "Este arreglo ya apesta. Y vamos a tener que resolverlo con algo más".

Quería sonreír ante su juego de palabras involuntario, pero ella no parecía estar de muy buen humor.

De lo que estoy seguro es de que quería mantenerla.

No era una mala secretaria y era increíblemente atractiva, sin mencionar sus habilidades orales que habían crecido considerablemente.

Y lo más importante, el Señor Polla no quería que perdiera lo mejor que le había pasado desde que descubrí la masturbación en la adolescencia.

"¿Y más deseas?" Yo le pregunté.

Esperaba que ella me enfrentara.

Discutirme por una mamada por semana.

Tomarse un tiempo libre.

Hacerme prometer darle unas buenas referencias.

En cambio, me sorprendió cuando ella se inclinó sobre la mesa, extendió esas largas y hermosas piernas y se puso a mi disposición.

CAPÍTULO 7

Era obvio lo que quería, pero todavía estaba un poco enojado por la forma en que me había comentado sobre la situación.

No me dolió que volviera a controlar la situación nuevamente.

Entonces, en lugar de joderla como un nuevo terreno, provoqué su agujero caliente con la cabeza de mi polla.

Ella trató de tambalearse contra mí, pero me retiré y reanudé mis burlas.

"Gloria", le dije. "No estoy seguro de qué es lo que quieres. ¿Por qué no me lo dices?"

Ella trató de empujarse contra mí otra vez.

De nuevo era obvio lo que quería, pero quería escucharla decirlo.

Ella gruñó, gimió y arqueó la espalda.

Dios, ella era tan jodidamente sexy.

Sin embargo, me había chupado al menos una o dos veces cada día laboral durante los dos últimos años.

Sentí que estaba en una posición de fuerza mucho mejor que ella.

Y finalmente, se demostró que estaba en lo correcto.

"No me importan esas cosas, solo te necesito dentro", jadeó. "Te necesito dentro de mí. Necesito que me 'folles'. Joder, te necesito tanto en mi coño. Por favor, te lo ruego. Ugh, estoy ... oh, Dios, estoy tan desesperada".

Eso era música para mis oídos.

"Estabas desesperada por un trabajo, y ahora estás desesperada para que te follen", le dije, todavía burlándome de su coño. "Personalmente, me gusta nuestro acuerdo actual. Pero, tienes un coñito caliente ahí abajo. ¿Te importa si lo tomo como una prueba de tu compromiso con el trabajo?"

"¡Síiiiii!" ella gimió, mientras le daba una cachetada y le metía mi dura polla. "Oh sí, eso es, jódame. Fólleme duro".

"Silencio," siseé.

Gloria se chupó un par de dedos para amortiguar sus gritos, mientras yo aceleraba el paso.

Dios, tenía calor y oh, ¡cómo estaba mojada!

Mi polla brillaba por su abundante leche.

No pasó mucho tiempo antes de darme cuenta de que iba a reventarme dentro de ella y para lo que aún no estaba lista.

Así que me retiré y comencé a molestarla una vez más.

Ella gimió de consternación e intentó retroceder y empalarse en mi polla.

CAPÍTULO 8

"Mmmm, eso estuvo bien", le dije. "Pero te das cuenta de que, al poner tu coño en juego, por así decirlo, simplemente lo pones todo. . . "Empujé mi polla a la mitad de su apretado coño, me detuve, luego la saqué por completo". Y lo digo en serio." Moví mi polla aproximadamente media pulgada hacia arriba, y empujé contra el fruncido apretado ano en su trasero. "¿Qué te parece si jugamos con la parte sur? ¿Entiendes lo que te estoy diciendo? Quiero probar tu culo por un tiempo ahora. . . a ver por cuál agujero me gusta más ".

Gloria no se apartó.

En cambio, ella empujó contra mí.

"Ummm, solo ummm, oh, Dios, por favor no me hagas daño", gimió.

"No debería dolerte mucho con lo lubricada que estás", la tranquilicé. "Solo trata de relajarte". Y luego empujé en su apretado ano.

"Oh Dios. Oh, Dios", jadeó, luchando por retirarse, pero mi escritorio la retuvo.

"Mantenlo abajo," siseé.

Mierda, ¿qué estaba tratando de hacer para atraparnos?

Por mi parte, disminuí la velocidad y me detuve cuando estaba con mi polla medio metida en su trasero.

Tengo que decirte que fue puro placer.

¿Apretado?

Apretado, ni siquiera comienza a describir lo que sentí cuando estaba en su trasero.

Era como tener mi polla ordeñada por un hambriento guante de terciopelo.

La cogí un par de veces, muy lentamente.

Lento dentro y lento hacia fuera.

Solo metiéndolo a la mitad cada vez.

Me hubiera gustado haber hecho más, pero Gloria estaba haciendo demasiado ruido, incluso con tres dedos apretados en su boca.

Solo sé paciente, me dije.

"Tienes un pequeño trasero caliente, Gloria", le dije, sacándole la polla. "Voy a tener que hacer eso de nuevo. Sí, evidentemente".

Su trasero era tan lindo y su ano estaba distendido y rojo.

Lo toqué con el dedo, haciéndola jadear, solo por diversión.

Luego, me moví alrededor del escritorio y saqué sus dedos de su boca.

Ella sabía lo que quería, pero giró la cabeza hacia un lado, tratando de evitarlo.

"Vamos Gloria", le dije. "Por todos los agujeros, nena. ¿De qué otra manera voy a saber qué agujero me gusta más? Además, tendré que correrme aquí antes de que vuelva a donde quieres que te la meta. Sabes a qué me refiero, ¿verdad?"

Ella examinó mi polla con una mirada de disgusto, pero al final, lo quería en su coño más de lo que no quería chuparlo.

De mala gana, abrió la boca y la tomó.

Le cogí la boca durante unos minutos, luego me retiré y volví al otro lado de la mesa y la volteé.

Su coño estaba a la altura perfecta.

Prescindí de los juegos y empujé mi polla bruscamente contra ella.

Golpeé su coño al ritmo de la música.

Quería que supieran que había sido follada.

Gloria hizo una mueca y gruñó con cada empuje.

"Juega con tu coño y chúpate los dedos, nena", le dije. "Me estoy preparando para correrme y quiero un poco de dulce para los ojos".

Y me estaba acercando mucho a correrme y ninguna cantidad de juegos imaginativos o pensar en el informe que tenía que entregar en una hora iba a retrasarlo más.

"¿Estás tomando la píldora, Gloria?" Pregunté, obligándome a reducir la velocidad un poco.

Ella sacudió su cabeza.

"No", murmuró ella.

"Pero quieres que me corra dentro de ti, ¿no?" Yo pregunté.

Ella negó con la cabeza, pero eso no fue lo que dijo.

"Sí," siseó ella.

Salió como no más que un susurro.

"Entonces dime", insté. "Dime dónde lo quieres. Dime qué quieres, ladrona sucia".

"Lo quiero en mi coño ... quiero que te corras dentro de mí".

Sus manos agarraron mi trasero y me empujaron con fuerza dentro de ella.

"¿Te dije que dejaras de jugar con ese coño?" Yo pregunté.

Sacudió la cabeza y volvió a bajar las manos a la entrepierna, reanudando el viejo círculo alrededor de su clítoris.

"Más rápido", exigí y con un jadeo, ella obedeció obedientemente.

Mi ritmo se aceleró.

Maldita sea, me estaba acercando y ella era tan jodidamente hermosa.

Y la cantidad de control que tenía sobre ella hacía la situación aún mucho más caliente que ella.

Ella era mi secretaria, mi última secretaria.

Las medias, el brazalete de tobillo, el anillo del dedo del pie, el anillo del ombligo, las uñas largas y el cabello oscuro platino fueron todo para mí.

Debería haber sido suficiente para cualquier hombre y, sin embargo, quería más.

"Quiero que vayas a la clínica después de esto y obtengas una receta para la píldora, ¿de acuerdo?" La agarré por los pezones y tiré.

"Sí", jadeó.

"Si qué?" Yo pregunté.

"Sí, mmm. Señor Anderson".

"Requieren un examen para eso, ¿no, Gloria?" Dije.

Oh sí, el semen estaba aumentando ahora.

Iba a ser pronto.

"Sí, señor Anderson".

"Quiero que vayas allí cuando termine de follarte, ¿entiendes?"

"Uhhmm, sí señor, señor Anderson".

Sus largas piernas se envolvieron alrededor de mi cintura, atrayéndome hacia ella con cada empuje.

Su coño me apretó con fuerza.

"¿Qué pensarán de ti apareciendo con un montón de esperma, eh, Gloria? Y será mejor que no te sientes en el camino a menos que quieras dejar el lugar bien húmedo", le dije.

Podía sentir mis espasmos en las bolas.

No podía contenerme más, era en ella o en ella.

"Uf. Voy a llegar ... ¿dónde lo quieres? ¿Dónde lo quieres?"

Tenía los ojos cerrados y su rostro retorcido de pasión.

"¡En mí! ¡En mí! ¡Oh, Dios! ¡oh, dios! ¡Córrase en mi coño! De prisa ... ¡joder, joder, yo también voy!" ella gimió.

Jesús, ella era ruidosa.

Cubrí su boca con mi mano mientras continuaba follándola, bombeando chorro tras chorro de semen en su apretado coño.

La follé tan fuerte como pude, tirando papeles del escritorio al suelo.

Gloria se sacudió debajo de mí como un bronco, levantando su trasero del escritorio, mientras sostenía mi fuerte agarre entre sus fuertes muslos.

Me sentí débil cuando terminé, pero aún quedaba mucho por hacer.

Cuando salí de ella, puse su mano sobre su coño.

"Aguántalo todo", ordené.

Luego la ayudé a ponerse las bragas.

Cuando movió su mano, mi semen goteó, manchando la entrepierna.

"No me vas a obligar en serio a hacer esto, ¿verdad?" ella preguntó.

"Oh sí", dije. "Lo vas a hacer. Y luego me contarás todo sobre esto esta noche".

"¿Esta noche?"

"Sí", le dije y la besé. "Esta noche cuando te vuelva a follar".

"Por favor", rogó. "No me hagas hacer esto ... van a darse cuenta ... y lo van a difundir. Oh, Dios, lo verán todo. ¿Qué pensarán?" Bajó la mirada al suelo, negándose a mirarme.

"Pensarán que acabas de tener la jodida de tu vida".

"P-pero, ¿qué voy a decir?"

Levanté su barbilla hacia arriba, obligándola a mirarme a los ojos.

"Dirás: Sí señor, señor Anderson".

Se mordió un labio tembloroso.

Sus grandes ojos verdes estaban abiertos como platillos.

"Sí señor, señor Anderson".

"Además, estoy seguro de que pensarás en 'algo' que decirle al médico o la enfermera. Diles que te caíste y aterrizaste en la polla de tu jefe camino al almuerzo", le dije y le di unas palmaditas en el trasero mientras caminaba. mansamente por la puerta.

Oh sí, ser jefe tiene sus privilegios.

FIN

www.ingramcontent.com/pod-product-compliance
Lightning Source LLC
LaVergne TN
LVHW040949150826
845672LV00002B/601

* 9 7 9 8 2 3 0 7 8 0 0 8 3 *